남편의 레시피

남편의 레시피

남편의 집밥 26년

배지영
에세이

사이계절

차례

2장

하루를 열고 닫는 음식

3장

살아가는 일의 기본은 잘 먹는 것

4장

재난이 닥쳐도 주방에서는 사람

등장인물

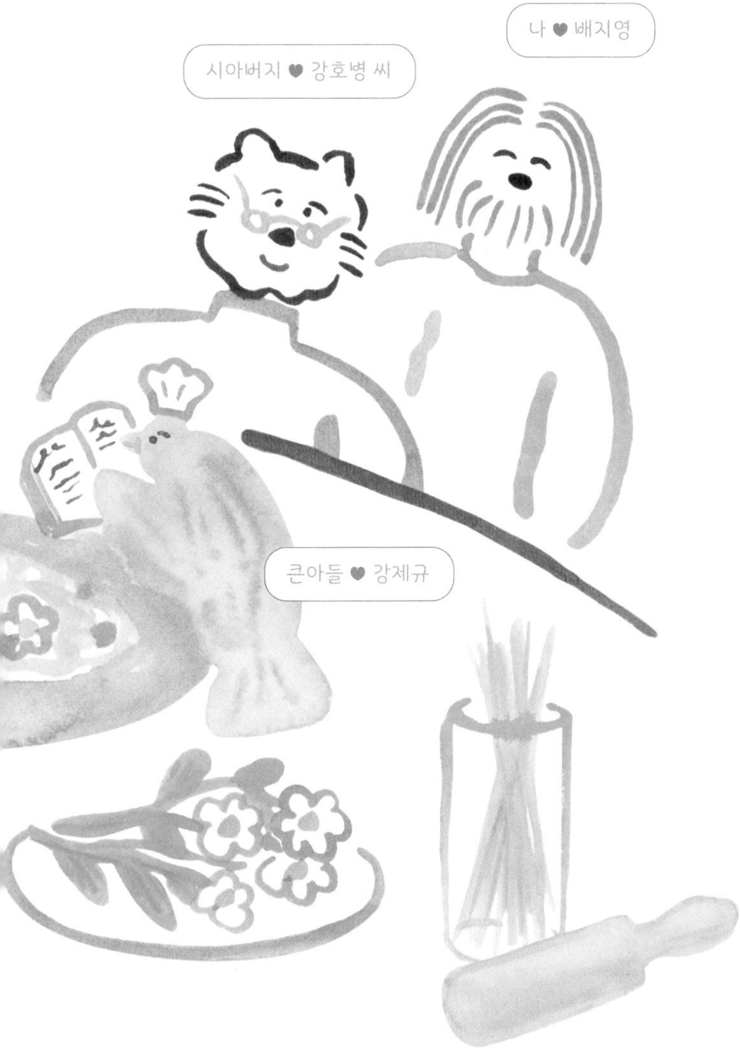
나 ♥ 배지영
시아버지 ♥ 강호병 씨
큰아들 ♥ 강제규

과거 구간을 한없이 점프해서 역사책의 맨 앞 페이지로 뚝 떨어진 적이 있다. 1년 동안 둘째에게 먹인 젖을 떼고 홀몸으로 간 제주에서 그랬다. 숙소 뒤로 이어진 산책로를 걷다가 걸음마 시작한 아기 다리처럼 통통하고 귀여운 고사리를 보았다. 나는 점퍼를 벗어서 허리에 묶고 양지바른 쪽을 훑고 다녔다. 수렵 채집 생활하던 원시의 인류로 완벽하게 돌아갔다.

우리 식구 중에서도 딱 한 사람은 시간을 거스를 수 있는 능력자다. 주방에서 수전의 물을 트는 순간, 강성옥 씨는 겪어본 적 없는 보릿고개의 굶주림에 맞닿는 것 같다. 먹지 못한 서러움이 뒤끝 있게 밀려오는 시대가 아닌데도 듬뿍듬뿍 요리한다.

아이들 키우는 집에 고기와 생선이 떨어지면 가화만사성의 위기 단계. 강성옥 씨는 그 지경에 닿지 않게 식재료를 관리하고 장을 본다. 생선은 굽거나 무와 감자를 넣어 조리고, 고기는 양념에 재거나 삶거나 굽는다.

"나는 주는 대로 잘 먹잖아."라는 번지르르한 말과 다르게 육식과 일정한 거리를 유지하는 아내 때문에 나물 요리도 신경 쓴다. 식구들 밥을 책임지는 사람이 대개 그렇듯 본인 먹고 싶은 음식을 일부러 하지는 않는다.

"밥부터 먹고 씻어."

주말 오전, 강성옥 씨는 욕실 앞에서 면티를 벗는 둘째 강썬에게 다급하게 말했다. 아이가 좋아하는 흑미 밥을 짓고, 생선과 고기를 각각의 프라이팬에 굽고, 시가에서 가져온 맏물 오이를 새콤하게 무치고, 쌈 채소를 흐르는 물에 꼼꼼하게 씻고, 양파로 전을 부치고, 콩나물국 끓여서 밥상을 차린 뒤였다.

"아빠, 나 늦었어."

밥 차리는 사람은 언제나 약자. 강성옥 씨는 중학교 1학년 아들에게 매달렸다.

"한 숟가락만 먹어, 응?"

"아니, 늦었다니까."

"강썬아, 다음부터는 언제 나간다고 말해줄 수 있어? 그래야 아빠가 시간 맞춰서 밥 차리는데."

"어젯밤에 엄마한테 말, 했다고!"

오이무침을 한 입 먹은 나한테 불똥이 튀었다. 너무 새콤했나. 변명하려고 입을 떼니까 상황에 어울리지 않게 한

쪽 눈이 찡긋 감겼다. 전날 밤에 강썬에게 몇 시에 볼링 치러 갈 거냐고 물었다. 아이는 대답하지 않고 메신저 대화창을 열었다. 금요일 밤이니까 친구들은 온라인 게임을 하는지 재깍 답장하지 않았다. 그래서 강썬은 나한테 아침에 일어나봐야 알 것 같다고 했는데.

누구 때문에 다 같이 밥을 못 먹게 됐는지 파고들면 불화의 늪에 빠진다. 강썬은 순식간에 샤워하고서 물기를 뚝뚝 떨어뜨리며 입을 벌렸다. "아아~" 강성옥 씨는 기다렸다는 듯 밥숟가락에 가시 바른 생선 살을 올려서 줬다. 나는 깻잎 두 장에 고기 세 점을 싸서 건넸다. 제비 새끼처럼 아빠 엄마에게 공평하게 한 번씩 받아먹고 나간 강썬 덕분에 밥맛은 떨어지지 않았다.

스물아홉 살 스물다섯 살, 강성옥 씨와 내가 결혼한 나이다. 재밌는 것도 많고 밤새워 놀아도 활력이 넘치던 시기에 돈 벌고 밥하고 청소하고 세탁기 돌려야 하는 생활인의 세계로 미끄러져 들어왔다. 집안일을 시시하고 자질구레하게 여기지 않는 강성옥 씨는 아버지 강호병 씨를 닮아 있었다.

"남자가 부엌에 들어가도 꼬추 떨어질 일이 없어."

1933년에 장손으로 태어난 아버지는 식구들 먹일 음식을 하며 말했다. 1950년대부터 요리를 잘했다는 아버지는 국이나 찌개를 끓이고 수제비나 국수를 만들고 강에 나가 숭어를 잡아 회를 뜨고 매운탕을 끓여서 친구와 이웃을 불러 함께 먹었다. 사람들은 아버지가 해준 음식으로 아버지를 오래 기억한다.

내가 시가에 처음 인사 갔을 때 아버지는 부엌에 서 있었다. 결혼하고서도 나는 아버지가 차려주는 밥을 많이 먹었다. 아기 낳고 몸조리할 때도 아버지가 산후조리에 좋다며 해준 가물치를 먹었다. 아버지는 아들과 며느리, 딸들과 사위들, 손주들이 밤새 놀고 늦게까지 자고 있으면 혼자 밥상을 차려서 식구들을 깨우기도 했다. 서울의 대형 병원에서 대장암 진단을 받고 돌아온 밤에도 평소와 다름없이 음식을 해서 어머니와 둘이 마주 앉았다.

아직 서른 안 됐던 강성옥 씨의 살림력이 만렙 찍은 게 이상하지 않은 이유다. 결혼하면 아내가 밥 차리는 게 당연하던 1990년대 후반에 날마다 밥상을 차리고 주말에는 대청소를 했다. 천만다행으로 나는 빨래에 재능이 있었다. 수건과 행주와 속옷을 삶고, 볕을 받아 가슬가슬하게 마르는 감촉이 좋아서 이불 빨래도 잘했다.

시가는 자손 많은 집의 종가. 작은아버지들과 작은어머니들, 당숙들과 당숙모들, 사촌들과 육촌이 제사와 차례를 지내기 위해 1년에 몇 번씩 모였다.

"남자가 뭘 한다고 그려!" 고모할머니들이 눈치를 줘도 강성옥 씨는 머쓱하게 웃으면서 전 부치고 밥상 치우고 설거지를 하며 아이 둘의 아빠가 되었다. 미성년의 조카들이 자라 결혼해서 아기들을 낳아 할아버지가 되었지만 여전히 대가족이 먹고 치우는 일의 한 축을 담당하고 있다.

"나는 결혼 안 해요. 아빠 봐봐. 남자만 고생해."

보란 듯이 다짐했던 큰애는 고등학교 3년 내내 식구들 저녁밥을 차리고 글로벌조리학과에 진학했다. 여자친구의 시험 기간에는 매일 색다른 요리를 해서 갖다 바치는 모습이 낯설지 않았다. 강성옥 씨도 제규처럼 잘생기고 멋진 청년이었을 적에 칸칸이 나눠진 플라스틱 핑크 도시락에 갓 지은 밥과 반찬을 골고루 만들어다 주곤 했다.

"남자가 처자식 먹이려고 밥하는 것은 열심히 산다는 증거다."

돌아가신 아버지는 당신의 막내아들 강성옥 씨를 이렇게 평가했다. 스물아홉 살에 자기 주방을 가진 남자는 특별할 것 없는 식재료로 밥상을 차리며 중년이 되었다. 늦둥이라고 대자유를 누리는 둘째 아이 강썬도 유치원 졸업하기 전에 쌀을 씻어 밥을 안쳤고 초등학생 때는 카레 요리를 단 한 번에 성공했으며 중학교 입학 전에 주방을 윤나게 닦아놓았다.

보통의 이야기라면, 결말을 맞기 전에 주인공뿐만 아니라 주요 등장인물도 확실히 달라진다. 성장하지 않는 캐릭터는 사랑스럽지 않다. 밥하는 게 별거냐면서 주위의 시선에 갇히지 않고 아이들의 이유식을 만들고 소풍 김밥을 싸고 제철 음식을 해 먹인 강성옥 씨는 빛나 보인다. 긴 세월이 흐르는 동안 할 줄 아는 요리 하나 없는 사람은 무매력자로 남을 뻔했는데.

"배지영, 바빠?"

식사 후에 그릇을 애벌 설거지해서 식기세척기에 넣고, 가스레인지 닦기 전에 꼭 나를 부르는 강성옥 씨 덕분에 생명력을 얻었다. 만세! 나도 쓸모 있는 인간이라고 증명되는 순간이니까 힘차게 대답한다.

"아니, 왜?"

"내 손 더러워서 그러는데, 양파(때로 당근, 오이, 가지, 호박, 무, 배추, 콩나물) 좀 야채 통에 넣어줘."

강성옥 씨는 채소 관리에 소홀한 적이 없다. 장 봐 오면 바로 손질한다. 대파는 뿌리 있는 채로 반절 잘라서 파 보관 통에 넣는다. 쪽파는 조금씩 파는 게 없으니까 한 단 사서 파나물을 하고 남은 건 음식에 넣으려고 쫑쫑쫑 썰어 보관한다. 깐마늘은 믹서기에 갈아 소분해서 냉동실에 두고 당장 쓸 것은 작은 글라스락에 담아 냉장실에 넣는다.

내가 없었다면, 제때 냉장고에 들어가지 못한 자투리 채소들은 음식물 쓰레기가 될 뻔했고 그 채소들로 날마다 밥상 차린 강성옥 씨 이야기도 세상에 나오지 못했을 거다.

1장

밥상 생각을 켜놓은 채 잠드는 사람

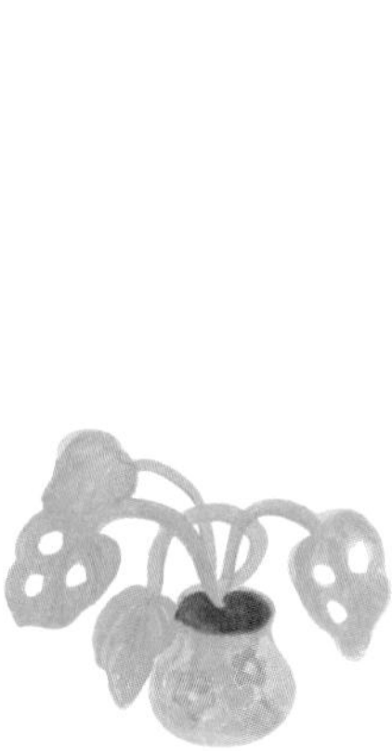

시대보다 앞서서 요리했던 남자

"야야, 우리는 이렇게 산다."

강성옥 씨 집에 처음 갔을 때 아버지는 부엌에서 요리하다가 나를 맞았다. 그때까지 살림집 부엌에서 음식 만드는 남자를 본 적 없었다. 우리 아빠가 고두밥에 간장을 비벼준 건 엄마가 생활력 없는 남편에 지쳐서 외가에 갔기 때문이었다. 지리산 종주할 때 선배들이 참치김치찌개 끓이고 감자볶음을 한 건 산이라는 특수한 공간이어서 그랬다.

결혼한 남자가 부엌에서 나물 무치고 찌개 끓이고 생선 구워서 처자식한테 밥 차려준다는 이야기를 어디에서도 들어보지 못했다.

일제강점기에 태어난 아버지는 혼자서 알을 깨고 나온 새로운 인류였다. 조부모부터 어린 동생들까지 열여섯 명이 사는 집안에서 부엌을 드나들었다. 1960년 1월, 아내가 첫 딸을 낳았을 때 끓여줄 미역도 직접 준비했다. 가금류를 잡아서 요리하고 만경강 하구에서 투망 쳐 잡은 가물치를 솜씨 좋게 손질해서 사람들과 나눠 먹었다. 재료만 있으면 무슨 음식이든 할 수 있는 '사기 캐릭터'였다.

아버지가 땅 한 평 없이 처자식을 데리고 분가한 시기는 1970년대 초반. 새로 짓는 초등학교 옆에 허름한 점빵('작은 가게'의 방언)을 열었다. 장손이니까 집안의 제사를 지냈고, 겨울에는 동네 염전에서 일하고, 품삯 받고 남의 논밭일을 해서 농사지을 땅을 샀다. 버스가 마을까지 들어오지 않던 때였다. 어머니는 시내 나가서 구입한 각종 문구와 생활용품, 음료수 박스를 머리에 이고 읍내에서부터 집까지 4킬로미터를 걸어왔다. 아버지의 눈에 아내 고옥희 씨는 동네에서 가장 고생하는 사람이었다.

아버지에게 요리는 여자 남자 따지지 않고 누구라도 형편 되는 사람이 하는 일이었다. 사람들 먹이는 기쁨을 일찍이 터득했던 터라 밀가루 뚝뚝 떼어내어 수제비를 한 솥 가득 끓인 날에도 담장에 서서 지나는 동네 사람들을 붙잡았다. "먹고 가! 먹고 가!" 강성옥 씨의 5남매는 저마다 아버지가 해준 음식을 잊지 못하고 있다.

큰딸 ♥ 강현숙 아빠는 매운탕을 잘 끓이고, 수육도 얼마나 정갈하고 예쁘게 하는지 몰라. 돼지 잡아서 삶아가지고 흐르는 찬물에 한 번 싹 씻어서 썰어주셨거든. 속은 따뜻하고 겉은 탱글탱글 꼬들꼬들해서 참 맛있었어. 황석어 젓갈도 기가 막히게 맛있게 담갔지. 하여튼, 우리 아빠는 음식을 다 잘했어.

작은딸 ♥ 강민숙　아빠는 생선이나 고기를 진짜 좋아했어. 없으면 젓갈이라도 꺼내서 드셨는데, 당신이 진짜 맛있고 특별하게 잘 담갔어. 아빠는 뭐든지 양념을 안 아끼고 넣잖아. 그러니까 맛있지. 내가 나이 들고 나서 감탄할 정도로 맛있게 먹은 건 오리주물럭이었어. 아빠가 동네 경로당에서도 요리했잖아. 진짜 맛있게 만드셨더라고.

큰아들 ♥ 강기옥　나는 바닷고기를 참 좋아했어. 아버지가 만경강에 투망 쳐서 전어를 잡아 그 자리에서 썰어주면 그렇게 맛있을 수가 없었어.

막내딸 ♥ 강현옥　4월이나 5월에 아빠가 붕어 잡아다가 시래기인가 얼갈이 넣고 고아준 게 진짜 맛있었어. 동네 아저씨들 중에서 우리 아빠만 요리를 했지. 아빠는 남 주는 것도 좋아했잖아. 워낙에 베푸는 걸 좋아하셨지. 그래서 이것저것 다 만드신 거지, 누가 시켜서는 못하는 일이잖아.

막내아들 ♥ 강성옥　나는 고기 좋아했어. 지금도 잘 안 먹지만, 어릴 때는 생선 날것을 입에도 안 댔고. 한여름에는 아버지가 냉면이나 국수도 잘해 주셨어. 요즘처럼 간편하게 나오는 게 아니어서 육수 내서 해줬어. 밀가루 반죽 밀어서 칼국수도 하긴 했는데, 수제비를 더 자주 하셨어.

나는 아버지가 해준 떡국이 좋았다. 어느 주말, 차 타고 돌아다니다가 밥 먹을 시간 지나서 시가에 갔다. 아버지는 온다고 전화했으면 뭐라도 더 해줄 건데 아무것도 없다면서 마당에다가 솥 걸고 우린 사골국을 떠 왔다. 닭장에서 꺼내온 달걀로 새송이전을 부치고, 냉동실에서 떡대('가래떡'의 방언)를 꺼내 사골떡국을 끓이고, 대파를 솜씨 좋게 썰어서 고명으로 올려주었다. 추위에 벌벌 떨다 온 것도 아닌데 말이 필요 없을 정도로 속이 따뜻해지면서 맛있었다.

"치나 봐라(비켜라). 저~ 가 있어. 아버지가 해야 맛있다."

내가 주방으로 다가서면 아버지는 이렇게 말하곤 했다. 나는 아버지의 시야에서 완전히 벗어나지는 않고 식탁에 앉아서 요리하는 아버지의 등을 보고 있었다. 아버지는 새우를 튀겨서 예쁘게 접시에 담아 내 앞으로 밀어줬다. 인스타그램이 없던 시절에도 나는 음식 사진을 찍었다. 아버지가 고르게 자른 돼지고기 수육과 아버지가 가지런하게 엮은 시래기를 찍었다. 매운탕 끓이는 옆모습, 제사 지낼 때 밤 치는 손, 김장할 때 산더미처럼 까놓은 마늘에 당신 얼굴을 대고 환하게 웃는 모습을 기록했다.

나는 아버지에게 친자식이 아닌 들어온 자식, 이래라저

강호병 씨가
시래기를
가지런히
엮어두었다.

래라 할 수 없는 '남의 집 딸'이었다. 시가에 간다고 전화하면 아버지 어머니는 밥상을 차려놓고 기다렸다. 내가 어깨를 다 드러낸 천 쪼가리 같은 티셔츠와 나달나달하게 찢어진 청바지를 입고 가도 옷차림이 그게 뭐냐고 나무라지 않았다. '허허' 웃으면서 시원해 보인다고 했다.

아버지는 얼마 안 가서 '남의 집 딸'이 좋아하는 분야를 알아챘다. 나는 먹는 것보다 동네에 깃든 이야기와 아버지가 살아온 시대에 관심을 갖고 있었다. 전화로 물어보고, 때로는 진짜 인터뷰처럼 수첩에 적어가면서 아버지가 해주는 이야기를 마주보고 기록했다. 내가 아이 둘을 낳아 기르고, 아버지가 암투병 하던 시절에도 이야기를 멈추지 않았다.

강호병 씨가
수육을 고르게
썰고 있다.

소중한 관계일수록 깨어지지 않게 시간과 마음을 쏟는다. 정확하게 반으로 나눌 수는 없지만 서로에게 오고 가는 게 있다. 따뜻한 밥을 지어드린 적 없는 나는 아버지의 철학을 붙잡았다. 하준, 도윤, 서준이라는 이름을 선호하는 시대에 태어난 우리 둘째에게 아버지가 지어준 이름은 예스러웠다. 규는 돌림자, 아버지는 고심 끝에 한 글자를 선택했다.

"베풀 선, 어떠냐? 우리 애기(아기)는 태중에서부터 너무 고생하고 어렵게 태어났으니 세상에 베풀고 살아야 써."

아버지가 우리 집에 온 건 두 번뿐이었다. 이사했을 때 커다란 들통에 팥죽을 쑤고 갖가지 반찬을 해서 들고 왔다. 그리고 한 번은 서울 큰 병원에 다닐 때였다. 아버지는 대장암 수술 전에 암세포 크기 줄이는 치료를 받고 있었다. 시누이들이 아버지를 모시고 서울과 군산을 오갔다. 새벽에 가서 밤늦게 돌아왔고, 끼니 닥치면 식당에서 허기를 달랬다.

아무리 고급 음식점에 가도 맛을 느낄 수 없던 날, 아버지는 밥하는 당신의 막내아들을 떠올렸다. 강성옥 씨는 깊은 밤에 고속도로를 몇 시간째 달려오는 아버지와 어머니, 누나들을 생각하며 쌀을 씻어 안쳤다. 국 끓이고 전 부치고 생선을 구웠다. 육고기를 싫어하는 어머니를 위해 나물 한 가지 하고, 오이 썰고, 고추를 씻었다. 우리 집 식탁에서 한 술 뜬 아버지는 말했다.

"좋다. 맛있어."

수술 마친 아버지는 대변 주머니를 떼기 전에도 간간이 주방에 서서 아내 고옥희 씨의 밥상을 차렸다. 우리 식구는 거의 주말마다 시가에 가서 강성옥 씨와 큰시누이가 준비한 점심을 먹었다. 마지막인 줄도 모르고 함께 둘러앉아 주꾸미샤브샤브와 탕탕이를 먹던 날, 오전에 생강과 열무를 심은 아버지는 "좋다. 맛있어."라고 했다. 그리고 8일 뒤에 세상을 떠났다. 향년 84세였다.

드디어 찍게 된 밥상 사진

밥상 사진은 일 년에 두 번, 내 생일과 큰아이 생일 때만 찍을 수 있었다. 예쁜 그릇도, 특별한 음식도 없다고 사진을 못 찍게 하는 남편 강성옥 씨 마음을 돌리는 건 어려웠다. 밥이 달린 문제라서 나 혼자 섣부르게 저항하며 카메라를 들이댈 수도 없었다. 큰아이와 열 살 차이로 강썬이 태어났지만 요지부동. 강성옥 씨가 정한 '밥상 사진 촬영 금지'는 풀리지 않았다.

나는 살림을 못하는 '멍청이'다. 웃자고 하는 소리면 좋겠지만 진짜다. 결혼하고 밥은 줄곧 빠르고 야무진 솜씨를 가진 강성옥 씨가 했다. 친구 중에서 우리 부부 결혼이 가장 빨랐다. 우리 집은 주말에 밤새 놀고먹기 좋은 곳이었다. 함께 어울리던 친구들이 연애하고 결혼하면서, 밥하는 남편은 그들의 싸움을 부채질하는 존재가 되기도 했다.

강성옥 씨의 번뇌는 살림을 도맡은 주부 역할 때문에 생긴 게 아니었다. 미술학과를 나왔지만 전혀 상관없는 일을 해서도 아니었다. 그의 화실 친구 중에 홍대 미대를 졸업하고, 대한민국 미술대전에서 대상을 받은 신치현 작가가 있다. 강성옥 씨는 그 친구를 몹시 부러워했다. 예술가인데 오른쪽 손바닥에 굳은살이 박혀 있더란다. '스타크래프트' 게임을 하도 많이 해서.

젊고 활력 있던 30대 시절의 강성옥 씨는 틈틈이 '날밤을 까며' 스타크래프트를 했다. 술도 많이 마시고 돌아다녔다. 어느 날 아침에는 토하고 나서 괴로워하며 자기도 해장국 끓여주는 아내가 있으면 좋겠다는 하소연을 했다. 숙취 해소를 도와줄 수 없는 나는, 술이 확 깨는 이단 옆차기로 강성옥 씨를 일으켜 세웠다.

그는 덥든 춥든 집에서 입는 정장 차림(팬티와 러닝)으로 밥을 했다. 새벽까지 축구를 보거나 영화를 봐도 아침이면 주방에 있었다. 큰아이의 이유식, 유치원 도시락, 초등학교 소풍 김밥을 쌌다. 동생 지현과 나는 애잔한 영화 「해피투게더」를 보면서 웃음이 터지고 말았다. 무슨 일이 있든, 거기가 어디든, 밥을 하는 양조위 때문이었다. 딱 강성옥 씨였다.

우리 집은 경사를 맞았다. 큰아이가 중학생 되면서 더는 소풍 도시락을 싸지 않아도 된 것이다. 그런데 둘째 강썬은 어린이집에 다니는 네 살, 강성옥 씨는 계산해보더니 자기는 쉰 살이 넘어도 아들 소풍 김밥 싸고 있을 거라며 푸념했다. 나는 낙담하고 있는 강성옥 씨를 몹시 따뜻하게 위로해주었다.

"그래도 다행인 줄 알아. 강썬 낳은 것처럼, 늦둥이로 셋째 태어난다고 생각해봐. 그럼 육십 넘어서도 도시락 쌀걸!"

강썬에게 아빠는 '밥하는 사람'. 네 살짜리 아이는 의자를 딛고 올라서서 칼질하는 아빠 손에 제 손을 얹으며 함께 요리하자고 졸랐다. 강썬은 아빠가 넓은 그릇에 깨뜨려준 달걀을 숟가락으로 풀었다. 열이 안 떨어져 어린이집에 결석한 날에도 살뜰하게 형아 운동화 빠는 일에 끼어들었다. "햐! 신발 빠는 모습에도 감동할 수 있네." 나는 그 순간을 찍어 강성옥 씨에게 보냈다. 그는 절규하는 척했다.

"나는 밥하고 청소해도 되는데… 우리 아들은 안 돼."

어머니한테 강성옥 씨도 '우리 아들'. 어머니는 황소가 품으로 안기는 태몽을 꾸고 아들을 낳았다. 그날, 쌀 씻을 물조차 없던 가뭄이 끝나고 또랑마다 물이 넘쳤단다. 그 아기는 자라 결혼해서 밥을 한다. 어머니는 똑같이 돈 벌면서 자식 키우는데 누가 음식 하면 어떠냐고 했다. 딱 한 번 "왜 너는 우리 아들 데려다가 밥 시키냐."라고 했지만.

강성옥 씨도 밥하기 싫은 날이 있다. 몽땅 사서 먹고 배달시켜 먹자고도 했다. 나는 군말하지 않았지만, 그는 몇 끼니를 못 넘기고 다시 주방에 섰다. 육식파인 큰아이를 위해 고기를 굽고, 채소를 좋아하는 아내를 위해 오이소박이를 담그고, "오늘은 브로콜리하고 오징어 주세요."라고 콕 집어 말하는 강썬을 위해 식재료를 데치고 삶았다.

'처자식 먹여 살린다'는 원론적인 의미에 충실한 강성옥 씨는 퇴근 시간이 따로 없다. 주말에도 약속이 많아서 식구들과 함께 지내는 시간이 절대적으로 부족하다. 그는 "미안한 마음에 밥하는 것에 더 정성을 쏟는다."라고 말했다. 저녁에도 되도록 집 근처 식당이나 카페에서 만나기로 하고서 집에 들러 재빨리 밥상을 차리고 나간다.

직업의 특성상, 강성옥 씨는 주기적으로 눈코 뜰 새 없이 바빠지는 때가 있다. 새벽에 나갔다가 자정 넘어 들어왔다. 집에 오면 씻고 바로 자는 게 아니라 쌀 안치고 국 끓이고 반찬을 만들었다. 나 때문이었다. 내 오랜 벗이자 친동생인 지현은 우리 집에 오면 저절로 청소기를 돌리고 설거지를 하게 된다고 했다. 가만히 있으면 어쩐지 자신이 파렴치하게 느껴진단다.

두발자전거를 못 타는 사람, 센스 있게 옷을 못 입는 사람, 내비게이션 안내를 이해 못해서 목적지 앞에서도 헤매는 사람, 엑셀을 못하는 사람, 앞에 나가서 발표를 못하는 사람 등이 있다. 나는 집안일 앞에서 사람 구실을 제대로 못한다. 요리나 정리는 한두 번 해도 감이 안 오고, 다시 해보려고 하면 일의 순서가 하얗게 지워져 있다.

그런 나도 달라졌다. 강성옥 씨의 짐을 덜어주기 위해 그가 차리는 밥상 이미지부터 머릿속에서 지웠다. 겁내지 않고 할 수 있는 간단한 메뉴를 인터넷에서 찾았다. 한 끼에 반찬 한 가지인 식단을 짰다. 양파대패삼겹살볶음, 데운 두부와 김치볶음, 피망버터볶음밥, 팽이버섯전, 두부전, 김치찌개, 생선구이. 때로는 누룽지도 정식 메뉴로 삼았다.

얼마 되지 않아 강성옥 씨는 일상으로 돌아왔다. 몇 달간 매달린 일은 침통하게 끝난 채로 말이다. 그는 집에서 입는 정장 차림으로 다시 주방에 섰다. 나는 그동안 밥을 좀 해봤다. 강성옥 씨가 차리는 신혼 밥상(접시에 반찬을 덜어서 먹으면 신혼이라고 함) 앞에서 으스대며 잘난 척을 했다.

"앞으로 제규랑 강썬이 살아갈 시대는 식재료가 더 비싸질 거야. 간단하게 먹자. 내 식단 봤지? 그래야 애들도 나중에 커서 적응한다."

그러거나 말거나 강성옥 씨는 육해공 식재료를 골고루 쓰는 자기 스타일을 고수했다. 우아한 그릇이 없고 대작 요리도 없는, 그저 그런 밥상이라며 사진 촬영 금지를 풀지 않았다. 그러거나 말거나 나는 간이 조금 딱딱한 사람. C형 간염 투병 중이니까 대범해졌다. 강성옥 씨가 차리는 밥상 사진을 한두 컷씩 찍었다. 결혼한 지 16년 만이었다.

'밥걱정의 노예'가 생일에 하는 일

"배지영! 이 시간에 자연드림(생협) 갔다 오라고 해도 괜찮아?"

강썬과 블록놀이를 하던 강성옥 씨는 일어나 주방으로 가며 물었다. 하루 일과를 마쳤다고 생각한 나는 떨떠름하게 대꾸했다.

"왜?"

"내 생일 아직 다 안 지났어. 몇 시간 더 있어야 돼."

"알았어. 뭐?"

'밥걱정의 노예'인 강성옥 씨 생일 밤. 나는 껍질 벗겨진 메추리알과 달걀을 사러 나갔다. 무거울 게 없으니까 걸어가기로 했다. 음력 7월 16일. 달은 아직도 '슈퍼 문'이었다. 소원을 비는 대신 누군가에게 이야기를 건네고 싶었다. 아무 때고 전화할 수 있는 동생 지현의 번호를 눌렀다.

"나야, 친언니."

"자매님(지현이 나를 부르는 호칭), 형부 미역국 끓였어?"

"응. 근데 미역국 먹어보고는 맵대."

"냄비 빡빡 씻고 했어? 김치찌개 끓인 냄비 덜 씻은 거 아니야?"

"아니라고. 형부가 설거지한 거야."

"미역국을 끓였다는 게 중요하지. 근데 한 솥 가득 끓인 거 아니지?"

"맛을 보장 못하는데 많이 끓이면 환경오염이제요."

"잘했네. 현자가 따로 없어."

알람을 오전 6시에 맞춰놓고 잤는데 5시 20분에 눈이 떠졌다. 시간은 충분했다. 생일상 차리는 일에 긴장해서인지 전날 읽다 자서 다시 꺼낸 『내 아내에 대하여』에 나오는 미국 이름들이 눈에 안 들어왔다. 절대 헷갈리지 않게 김대중·노무현 대통령만 나오는 『대통령의 글쓰기』를 읽었다. 알람이 울리자 앞치마를 두르고 쌀을 씻어 밥솥에 안쳤다. 소고기를 찬물에 씻은 다음에 물을 붓고 끓였다.

자리를 뜰 수 없었다. 소고기 핏물이 끓어 넘치니까 20분쯤 지켜보고 있었다. 거품을 더 걷어낼 게 없자 국물은 맑아 보였다. 그대로 약불에서 절절 끓이다가 미역을 넣고, 갖가지(너무 애매한 말) 양념으로 간을 하면서 끓였다. 나는 생선구이용 프라이팬을 꺼냈다. 기름을 얕게 두르고 달군 뒤에 냉동실에서 꺼내놓은 박대를 구웠다.

다른 음식은 강성옥 씨가 전날 다 해놓았다. 반찬을 접시에 덜고, 케이크를 가운데 놓고, 미역국도 한 그릇씩 담았다. 시간이 빠듯했다. 제규에게 수저를 놓아달라고 부탁했다. 밥을 푸려고 밥솥을 열었더니 '오, 맙소사!' 쌀이 그대로 있었다. 취사 버튼을 누르지 않은 거였다.

"백미 쾌속 눌러요!" 해법을 제시한 제규는 도로 침대에 누웠다.

20분 뒤에 나는 밥을 퍼서 담고 제규는 수저를 놓았다. 강성옥 씨와 강썬도 일어나서 정장(속옷) 차림으로 식탁에 앉았다. 케이크에 초는 세 개(단출하게 꽂을 만큼 나이를 먹었네요) 켰다. 생일 축하 노래를 우렁차게 부르느라 생일 맞은 당사자의 표정을 살피지 못했다. 분명히 감동했겠지. 식구들의 모든 생일 케이크 촛불을 독점하는 강썬이 불을 껐다.

강성옥 씨가 사라고 한 메추리알과 달걀, 강썬이 마시는 주스를 종류별로 사니까 장바구니가 무거워서 팔이 저렸다. 심부름 올 때는 선선했는데 집에 갈 때는 무덥게 느껴졌다. 겉옷에 달린 후드티까지 뒤집어쓰고 있어서 땀이 났다. '아휴, 가까운 데는 걸어 다니니까 장 볼 때는 차를 타도 괜찮은 거 아닌가? 내가 좀 탄다고 지구가 망하는 것도 아니고.' 후회하는데 전화벨이 울렸다. 강성옥 씨였다.

"어디야?"

"횡단보도. 스타벅스 앞."

"생채 만들라고 무까지 채 썰어놨거든. 마트 가서 액젓도 사 와야 하는데…."

"무거워. 이거 집에 놓고 가야 해."

강성옥 씨는 슬리퍼에 반바지 차림으로 마중 나왔다. 둘이서 손잡고(밤이니까요) 집 앞 마트에 갔다. 나는 일하러 가서 만난 청년 이야기를 들려줬다. 실패할 줄 알면서도 도전한 주인공 이야기는 절정 구간을 넘어가고 있었다. 강성옥 씨는 내가 잠깐 말을 멈출 때마다 "그래서?"라며 추임새를 넣었다. 얘기할 맛이 났다.

마트 옆 소공원에서 둘이 낄낄거리며 한참 허리 돌리기를 했다. 강성옥 씨의 친구와 일터 동료들이 지나다가 우리 부부를 목격하고는 참지 않고 나무랐다. "술이나 먹지, 뭐 하는 짓이야?" 확실하게 놀리고 싶은지 증거 사진까지 찍었다. 집에 오는데 여전히 커다란 보름달이 눈앞에 보였다. 소원을 빌어야 할 강성옥 씨는 한탄했다.

"내 팔자야. 생일날에 뭐 하는지 모르겠다."

"그러니까 이게 뭐야! 내일 하면 좋잖아."

집에는 (미적 감각이) 나를 하나도 닮지 않은 강썬이 종이 강아지를 선물이라며 만들어서 기다리고 있었다. 강성옥 씨는 액젓을 부어 양념을 만들면서 나보고 제규가 생일 선물로 사 온 러닝셔츠를 손빨래하라고 지시했다.

"내일 세탁기 돌리는 날이야."라고 해도 장남이 사 온 속옷이 세탁기 안에서 닳아지니까 안 된다고 했다. 장래희망이 개그맨이었던 사람의 생활 유머, 참신함은 별로였다.

강성옥 씨가 소고기를 삶아서 꺼낸 다음에 손으로 일일이 찢을 때 나는 강썬을 재우러 방으로 들어갔다. 살짝 잠들었다가 나왔다. 그는 장조림을 한솥 가득(지구 오염을 걱정하지 않고 맘껏 요리하는 능력자) 끓이며 생채를 버무리고 있었다. 이 닦았는데 나한테 먹어보라고 했다. 강성옥 씨 생일 지나려면 1시간 남았으니까 요구를 들어줬다.

"맛있어? 뭐 부족한 거 있어?"

"아냐. 진짜 맛있어. 근데 강성옥 씨, 요새 나한테 너무 의지하는 것 같다이!"

앓고 나서 하는 첫마디, "밥 먹었어?"

"내일 아침에 일어나자마자 공원 갔다가 밥 먹으러 갈 거야." 토요일 밤에 강성옥 씨가 말했다.

"오, 예!" 나는 환호했다.

"밥만 먹으러 가면 안 돼요?" 일찍 일어나기 싫은 제규는 투덜댔다.

"공원에 있는 놀이터 가서 많이 놀아도 돼요?" 뭐든지 형이랑 반대로 하는 강썬은 야심 차게 말했다.

식구들 의견을 들은 강성옥 씨는 가장으로서 의지를 표명했다. "꼭 갈 거야! 무조건 갈 거야!"

일요일 오전 9시, 가장 먼저 일어난 강썬이 아빠를 깨웠다. 강성옥 씨는 주방 옆에 있는 방으로 가서 장남을 깨웠다. 나는 거실 창으로 바깥을 살피고 나서 말했다. "바람 부는 거 장난 아니네." 가지 말자는 뜻이었다. 강성옥 씨는 스마트폰으로 날씨를 검색했다. 최고 기온이 영하 3도. 그러나 주저하지 않았다. 식구들 모두 장갑을 꼭 끼게 하는 것으로 나갈 채비를 마쳤다.

공원에서 나는 강썬 손을 잡았다. 강성옥 씨는 큰애와

나란히 걸었다. 화목해 보이는 4인 가족은 채 5분도 지나지 않아서 본색을 드러냈다. 제규는 강썬의 부츠 뒤꿈치를 밟아서 벗겨지게 하고 모자를 잡아당겼다. 형이 괴롭혀서 못살겠다는 강썬은 울었다. 바람 많이 부는 날에 울면 어린이의 얼굴은 튼다. 나는 제규한테 다가가서 팔을 팍 꼬집었다. 점퍼가 두꺼워서 아프지도 않을 텐데 제규는 비명을 질렀다. 강성옥 씨가 우리 셋 사이를 뜯어말리고 나서야 평화는 찾아왔다.

맞바람은 앞으로 가지 못하게 우리 식구를 가로막았다. 콧물이 계속 나와서 훌쩍이며 걸었다. 바람 소리는 귀신들이 모여 곡하는 것처럼 기괴했다. 뺑 뚫려서 막아주는 게 없는 공원의 방파제를 걸을 때는 바람 속에서 칼날이 날아오는 것 같았다. 종이에 손가락을 베이는 것처럼 얼굴에 슥슥 상처가 생기는 느낌이었다. 서둘러서 뜯은 선물 포장지처럼 강풍 맞은 얼굴이 너덜너덜했다.

"달려! 산으로 완전히 들어가면, 바람이 안 불어."

맨 앞에서 소리친 강성옥 씨는 강썬을 안고 힘겹게 걸었다. 호수의 가장자리에는 깨진 유리창 같은 얼음 조각들이 즐비했다. 빛을 받아서 반짝거리는 게 예뻤다. 발도 시리고 코가 떨어질 것 같은데 우리는 꽁꽁 언 호수에 솔방울을 던지며 조금 놀았다. 금방 끝날 줄 알았던 산책은 1시간 40분이나 이어졌다.

"밥 먹으러 식당 가자."

자동차 시동을 걸고 히터를 세게 켠 강성옥 씨가 말했다. 나는 명랑한 톤으로 좋다고 했다. 몸을 녹이고 나서도 여전히 코를 훌쩍이는 제규와 강썬은 가장의 권위에 맞섰다. "밖에서 먹기 싫어요." 사실 나도 집에 가서 뜨거운 물로 샤워부터 하고 싶었는데.

'밖에서 먹자파'와 '집에서 먹자파'는 2대 2. 속마음 토크를 하면 아마도 3대 1. 일촉즉발의 위기는 오지 않았다. 밥을 해서 처자식 먹이는 사람이 약자. 강성옥 씨는 생협 쪽으로 차를 돌렸다. 결국 지난주 일요일, 지난달 일요일, 지난해 일요일과 똑같아지고 말았다.

강성옥 씨는 곧장 주방으로 갔다. 쌀을 씻어 안치고 채소를 씻고 시금치나물을 무치고 달걀 푼 물에 당근을 잘게 썰어 넣어 달걀찜을 하고 된장찌개를 끓였다. 마지막에는 고기를 구웠다. 손이 느린 나는 장 봐 온 물건들을 정리했다. 아빠의 '부탁'을 들어주느라 공원에 다녀온 제규는 당당하게 게임을 하고 강썬은 온 집 안을 어지럽히고 다녔다.

"별거 없어." 밥상을 차린 강성옥 씨는 항상 말한다. 조금씩 편식하는 아이들은 나물 종류를 눈곱만큼만 먹고 고기 비계를 떼어내도 괜찮았다. 언젠가는 먹게 될 거라고 느긋하게 생각하는 강성옥 씨는 나한테만 가혹했다. 상추와 깻잎을 여러 장 겹쳐서 고기를 두세 점 올린 것처럼 위장한 내 쌈을 스캔해냈다.

"고기 넣어!"

나는 밥과 마늘장아찌만 있는 쌈에 고기를 올렸다. 주말에는 걷지 않고 인어공주처럼 팔을 짚어서 이동하는 제규는 담대한 사람처럼 먹었다. 쌈을 크게 싸서 입에 넣은 뒤에는 된장찌개와 달걀찜을 푹푹 떠먹었다. 고기 굽고 남은 기름에 김치를 굽느라 식탁과 가스레인지 앞을 왔다 갔다 하는 아빠한테도 쌈을 싸서 먹여줬다. 엄마와 동생이 먹다 남긴 밥까지 싹싹 긁어먹은 제규 입술은 볼그족족했다.

먹고 나니 눈보라 치는 바깥이 보였다. '늦잠 자고 슬슬 공원에 갔으면 넷 다 눈사람이 되었겠지.'라고 생각하며 식탁 위의 그릇을 싱크대로 가져갔다. 강성옥 씨는 재빠르게 식기세척기에 차곡차곡 집어넣었다. 소파에 눕지 않고 바로 집 청소를 시작했다. 책 좀 꽂으라고, 장난감 좀 상자에 집어넣으라고 하면서도 혼자서 재빠르게 치웠다.

눈이 그쳤다. 바깥은 밝기를 최대치로 조정한 조명등처럼 환해졌다. 말끔해진 거실로 해가 들어왔다. 강성옥 씨는 소파에 누워서 텔레비전 드라마를 보고, 나는 소파 밑으로 내려앉아 책을 읽고, 강썬은 장난감 상자를 끌고 와서 거실에 쏟아놓고 놀았다. 일요일이 가려면 아직도 한참 남았는데 집 안은 점점 청소 전으로 돌아가고 있었다. 게임이 뜻대로 안 되는지, 제규가 자기 방에서 내지르는 짐승 같은 소리가 거실까지 생생하게 들렸다.

소파에서 잠들었다가 일어난 강성옥 씨는 머리가 너무 아프다고 했다. 움직일 때마다 골이 울린다며 두통약 두 알을 먹었다. 해는 뉘엿뉘엿 지고 있었다.

"있는 걸로 저녁 먹을게, 쉬어." 나는 밥걱정의 노예를 안심시켰다. 그러나 강성옥 씨는 육해공 식재료를 꺼내서 지지고 볶아서 밥상을 차렸다. 본인은 속이 답답하다며 먹지 않고 안방 화장실로 갔다. 토하는 소리가 격하게 들렸다.

말려줄 강성옥 씨가 없으니까 아이들과 나는 밥상에서 티격태격하지 않았다. 어린이집에 다니며 사회생활을 하는 강썬도 돌아다니지 않고 먹었다. 우리는 꼭꼭 씹어서 식사하고 다 같이 일어났다. 강썬은 설거지할 접시를 한 장씩 싱크대에 갖다 주었고 나는 식기세척기에 집어넣었다. 제규는 식탁을 닦고 음식물이 떨어진 식탁 아래를 정리하고 음식물 쓰레기를 버리러 나갔다. 안방 문을 열어보니 강성옥 씨는 잠들어 있었다.

"밥 먹었어?"

일요일 밤 10시, 잠에서 깬 강성옥 씨는 물었다. 함민복 시인은 「그대 생각을 켜 놓은 채 잠이 들었습니다」라는 시를 썼다. 강성옥 씨는 식구들 밥걱정을 켜놓은 채 잠이 드는 걸까. 산뜻하고 섬세했던 청년은 두통 있을 때나 없을 때나 처자식의 끼니를 걱정하는 아저씨로 변신한 지 오래였다.

플레이팅 없는 아저씨 밥상

"나는 오십 넘어도 아들 소풍 김밥 싸고 있을 거야."

강성옥 씨가 자신의 운명을 알고 있는 사람처럼 말한 적 있다. 몇 년 후에 그 예언을 깨뜨린 사람은 큰애. 일반고등학교에 다니는 제규는 보충 수업과 야간자율학습을 하지 않았다. 정규 수업 마치고 바로 집에 왔다. 유치원 끝나고 놀이터에서 노는 강썬을 데리고 들어와서 식구들의 저녁밥을 차렸다.

그 시간에 강성옥 씨도 집에 들렀다. 아빠와 아들은 각자 장 봐 온 식재료로 사이좋게 요리했다. 강성옥 씨는 주로 한식을, 제규는 영화나 유튜브에서 본 음식을 만들었다. 메뉴에 대한 의견을 주고받지 않은 채로 식사 준비하는 두 사람. 32평 아파트의 광활하지 않은 개수대와 가스레인지를 오가는 부자의 동선은 계속 겹쳤다.

"아빠, 저녁때 집에 (밥하러) 오지 마세요. 그냥 나 혼자 하고 싶어요."

제규 말이 끝남과 동시에 강성옥 씨는 '밥격정의 노예'에서 해방되었다. 만세도 부르지 않고 소파로 터벅터벅 걸어가는 그는 중요한 것을 놓친 사람처럼 보였다. 주저앉은 강성옥 씨의 어깨를 두드려줘야 할 나는 '밥상 사진 촬영 금지'에서 풀려난 것에만 집중했다. 레스토랑처럼 차려낸 아들의 음식을 마음껏 찍으며 즐거워했다.

주방을 차지한 제규는 자다 일어나서 피클 담을 유리병을 소독하거나 파스타에 쓸 토마토소스를 만들었다. 어느 새벽에는 드디어 롤 돈가스의 치즈가 옆구리로 새지 않게 만들었다며 환호했다. 단잠에 빠진 식구들을 깨워서 기어이 축하를 받았다. 제규는 주기적으로 친구들을 집에 데려와서 식당 주인이 된 것처럼 신속하게 음식을 차려주었다.

"형아, 나 현장체험학습 가는 거 알지? 내 도시락 어떻게 할 거야?"

초등학생이 된 강썬은 소풍 가기 며칠 전부터 제규한테 물었다. 아빠가 싸주는 평범한 김밥 도시락이 싫다는 표현을 확실하게 했다. 열 살 많은 형을 만만하게 보던 태도를 싹 버리고서 고분고분했다. 제규는 강썬의 마음을 한껏 애태운 뒤에 "알았어. 싸줄게."라고 했다. 일찍 일어나서 곰돌이 모양의 참치 주먹밥, 닭꼬치구이, 과일을 싸서 동생 얼굴을 활짝 피어나게 해주었다.

고등학교 3년간 식구들의 저녁밥을 차린 제규는 대학에 진학하면서 집을 떠났다. 그러나 강성옥 씨는 당시 너무 바빠서 '주방의 왕좌'에 앉지 못했다. 학교생활이 몹시 재미있다는 제규는, 오후 6시쯤 일과 끝나면 친구들과 농구하고 다시 밤늦게까지 학과 공부하다가 잠든다는 제규는, 토요일마다 첫차를 타고 집으로 왔다.

그때 나는 강성옥 씨 일을 도우면서 내 일까지 하느라 투잡 뛰는 사람처럼 정신없었다. 외롭게 지내던 강썬은 현관문을 열고 들어오는 형에게 쏘아붙였다.

"왜 왔어? 우리 집에 네 방 없어!"

제규는 집 청소를 하고 국을 끓여서 소분해놓고 밑반찬을 만들었다. 텔레비전 만화와 유튜브만 보는 동생을 데리고 나가서 놀아주고 하룻밤 잔 뒤에 기숙사로 돌아갔다.

"너는 이제… 독립한다."

영화 「허공에의 질주」에서 아들 대니한테 아버지가 했던 말이다. 베트남 반전운동을 하다가 FBI의 추적을 받는 대니의 부모님은 6개월마다 이사하며 가명으로 살고 있었다. 부모님은 대니에게 영영 지킬 수 없는 약속을 했다.

"우린 또 만날 수 있어."

나는 매번 같은 장면에서 눈물을 쏟았다.

"제규야, 친구들이랑 재밌게 주말 보내. 집안일 걱정 안 해도 돼."

강성옥 씨는 이팝나무 꽃이 필 무렵에야 스무 살 아들을 안심시켰다. 일상으로 돌아온 그는 바깥일을 최소화하고 홈베이킹에 매달렸다. 창문을 열어 실내 공기를 환기시켜도, 이른 아침의 빵집 같은 냄새가 집에 배어 있었다. 강성옥 씨는 만들 때마다 쿠키 맛이 달라진다며 낙담했다. 한 달 넘게 실패한 뒤에야 큰애에게 심경을 토로했다. '베이킹은 정확한 계량이 생명'이라며 제규가 각종 도구를 사 왔을 때는 한여름이었다.

식탁에 올라와 있는 쿠키는 좀처럼 줄어들지 않았다. 달콤함에 질려 있던 강썬과 나는 끼니 때마다 강성옥 씨가 부르기도 전에 달려가 식탁에 앉았다. 밥상은 조금 달라져 있었다. 육해공 식재료로 넘치게 차리던 상차림은 조금 단출해졌다. 스파이처럼 민첩하게 찍던 나도 '밥상 사진 촬영 금지'에 순응해버렸다.

얼마 전에는 나 혼자 있는 집에 강성옥 씨의 지인이 왔더랬다. 잘 지내느냐는 말 대신에 누가 살림하고 밥하느냐고 물었다. 사실대로 말하려는데 버퍼링에 걸린 것처럼 생각이 멈췄다. 갑자기 날아온 축구공에 세게 맞은 것 같았다. 세상에서 가장 모자란 사람이 나라는 자각을 했다. 영양의 균형을 따져가며 요리하는 동생 지현에게 물었다.

"자매님, 나 요리 학원 다닐까? 음식 못하는 게 너무 창피해."

"좋은 생각 아닌데. 도로주행도 안 해보고 고속도로 진입하는 것하고 똑같아. 자매는 요리 학원 가면 화상 입고 사고 치면서 자존감만 낮아질 거야. 돈도 아깝고."

"그럼 어떻게 해?"

"집에서 달걀 삶기, 김치 볶기, 두부 데우기를 해봐. 그것만 해도 먹고살 수 있어."

내 자랑 같지만, 앞뒤 재지 않고 신속하게 움직이는 편이다. 바로 묵은 김장김치를 꺼냈다. 양파를 넣으면 김치의 신맛이 약해지고 달짝지근해진다고 어디서 읽은 기억이 나길래 썰어 넣었다. 참치까지 넣고 볶는데 프라이팬에 김치가 눌어붙었다. 식용유를 조심조심 따랐는데 확 쏟아져서 너무 번들거리길래 김치를 더 넣었다. 양이 되게 많아져도 긴 주걱으로 잘 저어줬다. 볶은 김치를 접시에 덜고 뜨겁게 데친 두부를 칼로 잘라서 깔끔하게 차렸다. 입맛은 이미 달아나버렸다.

성인 되기 전에는 엄마가, 결혼하고는 강성옥 씨가 차려 준 밥을 먹는 나에게도 염치라는 게 있다. 끼니때마다 음식에 들이는 공력을 볼 줄 안다. 때로는 수련하듯 강성옥 씨가 너무나 고독하게 차린 밥상이 먹고 나면 흔적 없이 사라져버리는 게 아깝다. 그의 시선을 따라다니며 밥상을 기록하려는 이유다.

강성옥 씨는 별거 아니라고, 평범한 아저씨 밥상일 뿐이라고 했다. 플레이팅이 근사한 것도 아니고, 특별한 레시피가 있는 것도 아니라며 사진 찍고 글로 쓰는 걸 반대했다. 하지만 밥 덕분에 식구들은 마주 앉아 접속하고 서로의 이야기를 듣기 위해 클릭했다. 아이들이 단단하고 유쾌하게 자라는 힘도 강성옥 씨가 차린 밥상에서 비롯되었다.

아들이 차려주는 밥을 대하는 태도

미성년 세계의 만능 언어는 "이게 다 엄마 때문이야."다. 책가방을 현관 앞에 내동댕이치거나 소파에 몸을 던지거나 자기 방문을 꽝 닫으면서 이 만능 언어를 구사하면, (평소에는 보이지 않던) 집안의 절대 권력이 미성년의 손아귀로 순간 이동한다. 유치원 다니는 동생은 얼씬하지 않고, 아빠는 뭐 먹고 싶냐고 전화로 수시로 물어보고, 영문 모른 채로 저격당한 엄마는 절절맨다.

"아악! 나 아닌 것 같아. 엄마 때문이야. 진짜 왜 그랬어요? 왜 끝까지 안 말렸어요?"

음식 만들 때 머리카락 들어갈 것 같다며 머리를 밀어버린 고등학생 제규는 한 손에 거울을 쥔 채로 펄펄 뛰었다. 그 전에 나는 제규와 같이 미용실에 가서 미용사에게 "삭발해주세요."라고 말해줬다. 그보다 더 전에 나는 제규에게 "너는 까까머리 안 어울려."라고 하루에 네다섯 번씩 열흘 동안이나 주입했다. 그보다도 더더 전에 나는 제규가 차려주는 밥을 저녁마다 먹었다.

제규는 고등학교 입시에 실패했다. 진학하고 싶던 조리

고등학교에서는 학생에게 몇 살에 처음 설거지를 했는지(다섯 살), 무슨 음식을 즐겨 하는지(고기 요리는 진리), 식구들과 친구들에게 몇 번이나 음식을 해줬는지(또래보다 압도적)를 묻지 않았다. 학교 공부를 얼마만큼 잘했는지가 중요했다. 눈에 띄는 성적표를 받아본 적 없는 제규는 결국 일반고등학교에 진학했다.

방과 후에 요리 콘텐츠와 웹툰을 보고, 간간이 독서하던 열일곱 살 소년은 고등학교 입학 다음 날부터 야간자율학습을 했다. 밤 10시 반쯤 집에 온 제규는 넋을 잃고서 말했다. 이대로는 못 산다고, 자퇴할 거라고. 나 같아도 학교에 오래 있기 싫지만, "네 말이 맞다."라며 재깍 맞장구치지는 않았다. 등록금 아까우니까 3개월만 다녀보라고 달랬다.

대학 입시가 목표인 교실에서 '해야 할 일'은 명확했다. 2차 성징이 오지 않은 앳된 얼굴의 제규는 '하고 싶은 일'을 위해 담임선생님을 찾아갔다. 정규 수업만 받고 집에 가서 식구들의 저녁밥을 차리고 싶다고 말했다. 난생처음 듣는 황당한 이유에도 담임선생님은 그러라고 했다. 대신에 제규는 날마다 영어로 레시피를 써서 검사 맡았다.

"일반고에서 홀로 외롭지만, 맛있고 건강한 음식을 요리하듯 자신의 삶을 요리하는 소년."

1학년 담임선생님이 생활기록부에 써준 대로 제규는 고등학교 3년 내내 혼자서 자기 길을 만들며 나아갔다. 식구들 밥을 차리고, 한식과 일식, 중식 조리사 자격증을 따고, 그토록 바라던 레스토랑에서 일해보고, 스스로 번 돈으로 배낭여행을 떠났다. 비닐봉지만 달랑 들고 다니면서 이국의 갖가지 식재료와 주방에서 혼자 일하는 요리사의 등 사진을 찍었다.

제규는 대학 진학하면서 집을 떠났다. 귀한 손님처럼 1년에 서너 번만 올 줄 알았는데 스물한 살에 다시 같이 살게 되었다. 원인은 척추측만증. 병무청 신검에서 4급을 받았다. 동사무소, 시청, 경찰서 같은 관공서에서 복무하는 사회복무요원 경쟁률은 17대 1. 떨어지면 1년을 기다려야 했다. 그래서 찾은 산업기능요원. 다니기로 한 공장의 사정이 나빠지면서 무산됐다.

뜻대로 되는 게 없어서 우울하다는 제규에게 덮친 병은 '서양 귀신 병'. 드라큘라처럼 해가 떠 있으면 움직이지 못했다. 땅거미가 져야 겨우 일어나서 음악을 크게 켜고 요리했다. 주방에는 김치와 나물 담는 한식 접시들과 서양 요리 담는 커다란 양식 접시들이 뒤섞였다. 밤마다 색다른 요리를 먹는 것만큼이나 반가운 건 눕지 않고 두 발로 서 있는 제규를 보는 일.

"제규야, 맛있는 음식 먹는 것도 너한테는 공부잖아. 여행 갔다 와."

"몰라요. 다 귀찮아."

나는 순간적으로 제규의 학교 생활까지 의심하고 말았다.

"너 혹시 대학 다닐 때 수업 안 가고 기숙사에서 잠만 잔 거 아니야?"

"엄마! 나 완전 '빡공', '빡요리', '빡겜'이었어. 평일에는 아침 7시에 학교 가서 미장(재료 준비)하고 실습하고요, 파스타나 감바스 같은 것도 너무 고급스럽게 만드니까 애들이 막 그랬어. 마셰코(마스터 셰프 코리아) 나가냐고. 주말에는 알바 했잖아요. 스무 살의 후회는 딱 한 가지야. 기숙사 생활한 것. 자취했으면 얼마나 기깔나게 놀았겠어요."

제규가 고등학생이었을 때처럼 밥 먹고 나서 식탁에 그대로 앉아 잡담하며 서로를 알아가고 싶었다. 스물한 살 남자의 음악, 패션, 게임, 등 근육, 운동 취향을 따라가기에 나는 너무 얕고 좁은 인간. 하던 대로 제규 머리맡에 책 몇 권을 던져놓았다. 아무거나 펴보기만 해도 이야기를 시작할 수 있을 것 같았다. 어떤 책은 완독하고 어떤 책은 뒤적

거린 제규는 자기만의 방식으로 다가왔다.

"엄마, 사진 찍어요."

제규는 마파두부를 해서 『땀 흘리는 소설』과 플레이팅 해놓았다. 파스타 만들었을 때는 척추측만증 있는 젊은이가 수영하면서 사랑하는 이야기 『염소의 맛』을, 양념갈비에는 6년간 택배 일을 했던 만화가가 그린 『까대기』를 같이 찍게 해주었다. 제규가 밥 짓는 고등학생이었을 때처럼 우리는 식사 시간마다 이야기를 주고받았다.

"엄마, 서비스 업종이 아예 안 맞는 애들이 있어요. 남지랑 재연이(고등학교 때 친구)는 가면 쓰고서 싹싹하게 '죄송합니다, 죄송합니다'를 못한대요. 그러니까 방학 때마다 공사장 가거나 까대기를 하는 거야."

"너는? 서비스 가면이 잘 맞아?"

낯을 가리고 사람들 앞에 서서 말하는 게 떨린다는 제규는 레스토랑에서 하는 일이 재밌다고 했다. 엉덩이를 만지고 술에 취해 유리잔을 던지는 손님도 있지만, 홀은 시원하고 따뜻해서 좋았단다. 자잘한 화상 입는 주방 일도 맘에 든단다. 땀에 흠뻑 절었다가 홀에 나가면 그 시원함이 감동적이었고, 동료들과 짬(음식물 쓰레기) 버리러 나가는 것도 낙이었다고.

사회복무요원 자리는 감이 떨어질 때까지 입 벌리고 나무 아래서 기다리는 것과 같았다. 제규는 일단 포기하고 주방에서 조리하는 사람만 열다섯 명인 레스토랑에 자리를 구했다. 주 5일 근무, 불 앞에서 하루 8시간씩 스테이크를 굽고 갖가지 음식을 만들었다. 쉬는 날에는 레스토랑에서 잘나가는 메뉴를 식구들한테 만들어줬다.

"네가 해준 밥 먹고 싶었어." 말년 휴가 나온 제규 친구 주형이는 우리 집부터 왔다.

"엄마, 근데 좀 떨리네."

집에 온 지 1년 2개월 만에 제규는 소방서 사회복무요원이 되었다. 화재 현장에 출동하고 소방관들의 방화복을 빨고 구조대 차량을 청소하고 심폐소생술을 홍보하러 다녔다. 퇴근하면 운동하거나 여자친구를 만나러 갔다. 코로나가 극심해져 카페도 식당도 갈 수 없어서 한겨울 밤에 몇 시간씩 걷고 또 걷는 게 데이트의 전부였다.

'오, 예!' 고등학교 1학년 봄부터 식구들 밥을 차려준 제규에게 보답할 기회였다. 나는 노트북 가방을 메고 집을 나왔다. 오후 6시에서 11시까지 작업실이나 스터디 카페에서 글을 썼다. 제규는 여자친구와 동생 강썬과 저녁밥을 먹고 따뜻한 집 안에서 시간을 보냈다. 강썬은 염탐하지 말라고 해도 닫힌 제규 방문 앞에 서서 웃음소리가 들린다고, 시끄러운 음악을 듣는다고 나한테 보고했다.

1년여를 본서에서 복무한 제규는 집과 가까운 119안전센터로 발령났다. 작지만 주간에만 구급 출동이 10여 건 넘게 날 만큼 바쁜 곳이었다. 주야간 교대 근무하는 소방대원과 구급대원은 23명, 제규에게 업무를 인계하는 사회복무요원이 "센터의 실세는 주방 이모님이야."라는 고급 정보를 흘려줬다.

"혹시 제가 점심을 준비해도 되겠습니까?"

주방 이모님이 사정 생겨서 안 나온 날, 제규는 욕망을 드러냈다. 하루에 쓸 수 있는 식비는 5만 원, 배부르게 먹으면서 단백질을 보충할 수 있는 돼지 앞다리살 수육과 김치찌개를 했다. 점심시간이 있는 것 같아도 없는 119안전센터. 수저를 들었는데 출동 지령이 떨어졌고 구급대원 중 몇은 1시간 후에 돌아와서 컵라면을 뜯었다. 제규는 썰지 않고 약한 불에 데우고 있던 따뜻한 고기를 내주었다.

이모님의 휴무일에 '공식적으로' 밥하게 된 사람. 직원들은 제규가 밥을 하면 '특식' 먹는다고 좋아했다. 제규는 골고루 배식하는 일에 실패한 적이 있고, 소방 시설 점검 나갔다가 늦게 들어오는 바람에 고기 잡내를 완벽하게 제거하지 못한 적이 있다. 그래도 실의에 빠지지 않고 마파두부, 돼지간장조림, 놀래미회, 매운탕, 콩나물국, 쫄면, 보쌈, 비빔칼국수, 깡통햄버섯야채볶음, 탕수완자, 고추장삼겹살, 육개장, 삼계탕, 간장닭갈비, 삼계죽 등을 만들었다.

오전 근무만 하고 코로나 백신 휴가를 받은 오후. 타이레놀을 먹어도 열이 떨어지지 않는 제규는 장을 봐서 동생이 좋아하는 오리빠삐요뜨(유산지나 호일에 싸서 굽는 요리)를 했다. 엄마가 분명 환호할 것 같은 서양식 단호박 요리까지 하고서는 식구들을 기다렸다. 하필 나는 마지막 문장을 못 써서 낑낑대느라 퇴근하지 못하고 작업실에 있었다.

"엄마, 왜 안 와? 형아가 뭐 만들었다고! 식으니까 빨리 와!"

배고파서 짜증 난 것 같은 강썬이 전화했다. 강성옥 씨가 밥상 차렸다고 하면 알았다고만 하고 태평하게 할 일을 한다. 하지만 아들이 차려주는 밥은 준엄하다. 제규는 음식이 식어서 맛없어지는 걸 싫어한다. 짐을 싸서 달려갔다. 그날은 '비공식적으로' 우리 동네 40대 중에서 가장 날렵한 사람이 나였다. 식탁에 오른 음식에는 온기가 남아 있었다.

2장

하루를 열고 닫는 음식

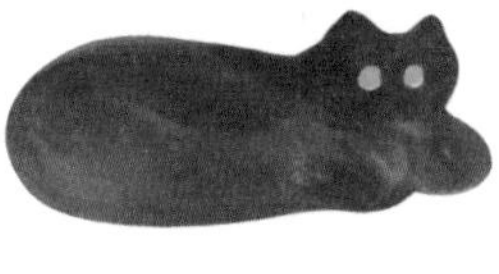

가지나물

아주 사소한 여름의 맛

1

거실 에어컨을 켜도 주방은 뜨뜻하고 습한 말복. 냉장고를 열어본 강성옥 씨는 밥하기 싫다면서 치킨과 삼계탕 중에 한 가지를 배달시켜 먹자고 제안했다. 우리 집 최고 존엄 강썬의 선택은 치킨, 잽싸게 내가 주문했다. 그런데 배달 음식 시켰다고 해서 한 끼 식사를 건너뛰지는 않는다. 강썬이 먹을 메인 요리를 안 할 뿐, 강성옥 씨는 뭐라도 만든다.

치킨이 오는 데 걸리는 시간 20분. 강성옥 씨는 다시 냉장고 문을 열었다. 시가에서 가져온, S자로 자유롭게 자란 오이를 채 썰었다. 시원하고 시큼한 오이냉채 맛을 아니까 침이 고였다. 그는 나한테 먹어보라며 따로 투명하고 작은 그릇에 덜어서 얼음 몇 개를 띄웠다. 강성옥 씨는 조리 과정을 지켜보려고 하면 쫓아내지만 얻어먹으려고 기웃대는 건 또 허락한다.

화요일인데, 강성옥 씨는 주말처럼 거실 테이블에 저녁밥을 차렸다. 강썬은 쾌재를 부르며 텔레비전을 켜고 「무한도전」을 검색했다. 아, 진짜! 나는 일과를 마친 게 아니었다. 동네서점에서 상주작가로 일하는 나는 글쓰기 수업을 하러 가야 했다. 그런데 이미 몇 번을 돌려 본 「무한도전」은 왜 재밌고 난리일까. 아내의 내적 갈등을 포착한 강성옥 씨는 천하태평한 처방을 내렸다.

"오늘만 자율학습 하라고들 해. 한 번쯤은 괜찮지."

이웃 도시에서 2시간 일찍 퇴근해서 오는 사람도 있다. 일 끝나고 바로 오느라 글쓰기 수업하는 날마다 저녁밥을 거르는 사람도 있다. 글 쓰고부터 사는 게 너무너무 재밌다는 사람들에게 각자 알아서 하라는 말을 절대 꺼낼 수 없다. 예능 프로그램에 흔들린 티를 내지 않기 위해 수업 시간보다 20분 일찍 서점에 도착했다.

출근하고 애들 키우고 살림하고 틈틈이 글 쓰는 삶은 비슷해 보인다. 그런데 똑같은 글은 하나도 없어서 여러 가지 생각을 품게 되는 수업. 서점 문 닫는 시간에 딱 끝내서 아쉬워할 틈 없이 모두 서둘러 가방을 챙겨 나왔다. 먼저 간 줄 알았던 텃밭싫어 님이 서점 입구에서 기다리고 있다가 주차해놓은 자신의 자동차 앞으로 나를 데려갔다.

텃밭싫어 님은 몇 년 전에 호수가 아름다운 군산 청암산 아랫동네로 이사 갔다. 상수원 보호 구역이었던 산은 방풍림과 원시림을 그대로 간직하고 있다. 애기똥풀꽃이 흔하고 수수꽃다리와 아카시아 향도 진하고 대숲의 나무들이 서걱이는 소리는 시원하다. 자연 그대로의 산과 호수를 앞마당처럼 끼고 살 줄 알았는데 웬걸! 텃밭싫어 님네 식구 셋이서 청암산에 간 건 딱 한 번뿐이라고 했다.

텃밭싫어 님의 남편은 퇴근 후와 주말에는 텃밭 가꾸기에 몰두했다. 날이 저물면 불을 켜놓고 자식 대하듯이 온갖 작물의 씨앗을 뿌리고 모종을 심고 가꿔서 수확했다. 부부는 같은 회사에 다니고 직급도 같고 노동 강도도 비슷한데, 텃밭싫어 님만 중3 딸아이 저녁 먹이고 학원까지 차로 실어 나르며 아이의 정서를 살폈다.

"농업 혁명은 창세기 이래, 인류 최대의 사기극이다." 『사피엔스』의 이 문장에 완전 동의한다는 텃밭싫어 님이, 남편의 텃밭을 사기죄로 고소하고 싶다고 강조한 사람이, 아주 실한 참외와 가지를 건네줬다. 맛없으면 말하라고, 맛있는 거 나올 때까지 계속 갖다준다는 텃밭싫어 님은 남편의 텃밭과 법정 다툼하는 걸 포기한 것 같았다.

나는 여름 땡볕을 받고 자란 가지가 가장 맛있다고 생각한다. 여섯 살 때 생으로 먹는 가지와 나물로 먹는 가지 맛의 차이를 확실히 알았다. 그때는 냄새에 민감했다. 장마철에는 사방에서 헛간 냄새가 난다고 헛구역질을 했다. 가마솥 열면 풍기는 밥 냄새 때문에도 정말 힘들었다. 하루에 세 번씩, 부엌에서 안방으로 밥상이 들어올 때마다 울었다.

"으이그, 저 미운 년. 밥 주지 마라이!"

노기가 잔뜩 서려 있는 증조할머니가 말했다. 엄마는 힘센 왼쪽 팔로 나를 감싸 안아서 밥을 먹이려고 달랬다. 쪽진 머리를 한 증조할머니는 증손주 넷 중에서 나한테만 정을 안 줬다. '이에는 이, 눈에는 눈'을 몰랐지만, 미움에는 더 큰 미움으로 맞설 줄 알았다. 늘 그러던 것처럼 할머니를 째려봤고 할머니는 내 밥그릇을 빼앗았다. 설거지하고, 막둥이 아들 기저귀 삶아서 널고, 방 닦는 걸레도 아기 기저귀처럼 방망이로 탕탕 두드려서 새하얗게 빨아야 하는 엄마도 밥을 못 먹었다.

막둥이 업고 집안일을 차례로 마친 엄마는 증조할머니

한테 아기를 맡기고 텃밭으로 갔다. 토방에 혼자 앉아 있던 나는 엄마를 따라갔다. 배고팠다. 표면이 오돌토돌한 오이가 싫어서 맨들맨들해 보이는 가지를 땄다. 열매꼭지 부분의 가시에 찔렸어도 꾹 참고 베어 먹었다. 희멀건 과육은 떫은맛이 나면서 조금 달았다. 그러니까 더 '진짜 밥'이 먹고 싶었다. 나는 훌쩍이지 않고 또박또박 말했다.

"엄마, 다시는 안 울라니까(울 거니까) 밥 줘."

엄마는 내 손을 잡고 성큼성큼 집으로 갔다. 증조할머니는 솔가지를 쟁여놓은 부엌문 앞에서 여전히 노기 띤 표정을 풀지 않고 있었다. 사건 현장에 다시 나타나는 범인을 검거하겠다는 듯이 버티고 서 있었다. 서른 살도 안 됐던 엄마는 절대 권력에 저항하지 못했다. 어린 딸을 냇가로 데려가서 눈물 흘려 꼬질꼬질해진 얼굴을 씻겨줄 뿐이었다.

그날 점심부터 나는 밥상 앞에서 울지 않았다. 심지어 엄마가 밥 뜸 들일 때 가마솥 뚜껑을 열어도 밥 냄새를 피하지 않고 고스란히 맡았다. 엄마는 밥 위에 가지를 올리고 솥뚜껑을 닫았다. 얼마쯤 후에 꺼내서 손으로 길게 찢었다. 고춧가루와 마늘과 참기름에 무친 가지나물은 맛있었다. 물컹물컹하다고, 입에 넣어주면 뱉어내던 버릇도 거

짓말처럼 고쳐졌다.

그러나 증조할머니 곁으로는 절대 안 갔다. 할머니도 여전히 나한테만 매몰찼다. 왼손으로 젓가락질한다고 내 손등을 때렸다. 어느 날 할머니는 광주에 혼자 다녀오다가 쓰러져서 몸을 움직이지 못하게 됐다. 냉장고가 없던 때라서 친척들은 깡통에 든 황도 복숭아를 사 들고 문병 왔다. 증조할머니 때문에 생긴 음식이니까 나는 입에 대지 않았다.

흐르는 시간은 좋다. 가지를 보면 솟구치던 서러움도 완전히 증발했다. 증조할머니를 만난다면 곁에 앉아보고 싶다. 집단 학살당한 당신의 큰아들 시신을 찾아내서 먼 산에 묻은 증조할머니, 또 몇 년 후에 사고사로 막내아들을 잃은 증조할머니의 한을 내가 글로 기록했다고 말해주고 싶다. 할머니 덕분에 울지 않고 밥 먹는 사람이 됐다고, 한여름에 먹는 가지나물을 좋아한다며 내 취향을 알려드리고 싶다.

강성옥 씨는 아내의 구구절절한 사연을 모르는 채로 가지 요리를 한다. 텃밭싫어 님이 준 가지를 썰어서 가지볶음을 하고, 찜기에 쪄서 옛날 우리 엄마가 그랬던 것처럼 뜨겁다면서도 손으로 길게 찢어서(칼로 썰면 맛없게 느껴짐.

아직도 조금은 까다로운 편) 무쳐준다. 푹 익히지 않아서 더 맛있다. 씹을 때 말캉말캉하지 않고 살캉살캉한 가지나물이 좋다.

119안전센터에서 사회복무요원으로 근무하고, 밤에는 데이트하느라 늦게 들어온 제규는 손 씻고 꼭 냉장고를 열어본다. 태양이 내리쬐고 풍향이 바뀌는 노지에서 마음껏 커버린 가지를 꺼낸다.

"엄마, 가지 요리 해줄까요?"

제규의 가지 요리는 이국적이다. 가지를 반으로 잘라서 '수세미 스펀지' 같은 속을 파낸다. 떨어지지 않게 만들어 놓고 쓰는 토마토소스에다가 가지 속을 버무린다. 토마토를 따로 썰어서 재료들과 같이 볶는다. 그다음에 속이 텅 빈 가지에 채워 넣고 그 위에 얇게 썬 생 모차렐라 치즈를 올려서 오븐에 굽는다. 한마디로 굉장히 맛있고 굉장히 살찌는 음식이다. 나는 현명하게 대처했다.

"제규야, 피곤하니까 얼른 쉬어."

짱짱하고 실하게 자란 가지는 머잖아 끝물. 다른 요리는 당기지 않는 때, 가지나물만이 진정한 여름의 맛이다.

2

문어숙회

엄지손가락으로 완성한 이야기

"말하지 말고 있어."

토요일 이른 아침, 서해안고속도로 위에서 강성옥 씨는 말했다. 우리는 나주공공도서관으로 가고 있었다. 출발하기 전 그는 거실을 정리하고 로봇청소기를 켰고, 나는 미용실에 다녀왔다. 나를 맘에 안 들어 할 틈이 전혀 없었는데. 흘깃 강성옥 씨의 표정을 살폈더니 평온했다. 남성에게 돌려 말하는 건 좋지 않다. 직설적으로 물었다.

"왜?"

"퇴촌책방 강연 갈 때 생각 안 나?"

아! 경기도 광주에 있는 서점은 우리 도시에서 4시간 조금 넘게 걸렸다. 운전하는 강성옥 씨를 배려하느라 나는 수

면의 세계에 빠져들지 않았다. 세계평화나 지구온난화 말고 내가 읽은 책 이야기를 해주며 졸음에 맞서 싸웠다. 강성옥 씨는 밤늦게 혼자 본 드라마 이야기를 했다. 술잔도 아니고, 둘이서 3시간 넘게 이야기를 주거니 받거니 했다.

자동차는 고속도로를 국도처럼 달렸다. 뉴스로만 보던 교통 정체 속에 갇혀 보니 초조하고 갑갑했다. 제시간에 도착 못 할 것 같아서 휴게소에도 안 들렀다.

"조금 더 일찍 나설걸." 1시간 동안은 후회하는 이야기만 했다. 점심 식사를 건너뛴 덕분에 아슬아슬하게 책방에 도착했고 내 목소리는 걸걸하게 변해 있었다. 물을 마시고 혀를 빼서 날름날름했더니 좀 괜찮아졌다.

말을 덜하기 위해서 스마트폰을 켰다. 지난 1년 동안 나주의 인구는 정확히 몇 명 늘었는지를 조사하고, 나주를 배경으로 한 드라마와 영화 등을 알아봤다.

강연하다가 중간에 한 번씩 나주에 대한 퀴즈를 냈다. 가장 먼저 손 들고 틀린 답을 말한 사람에게도, 정답을 말한 사람에게도 준비해 간 굿즈 '군산짬뽕라면'을 드렸다.

나주 이화독서회에서는 추황배 한 상자를 선물로 줬다. 성장호르몬을 바르지 않고 키우며 껍질째 먹어도 좋다는 배. 우리는 특별한 배를 차에 실어놓고 유명한 나주 곰탕집에서 밥을 먹었다. 나주 향교와 마주 보고 있는 카페에서 추황배에 대해 잠깐 의논했다. 1순위는 병환으로 누워 계시는 시어머니. 그리고 동생 지현, 강썬 친구 시후네, 제규 여자친구네랑 나눠 먹으면 딱 맞을 것 같았다.

시가로 먼저 갔다. 마을에 일 보러 나갔다가 들어오는 큰시누이는 추황배를 알고 있었다. 껍질째 먹는다고 해도 진짜로 그러지는 못하겠다며 배를 깎아줬다. 시원하고 달고 새콤했다. 어릴 적 눈 내리는 밤에 잠자리에 들었다가 일어나서 먹던 그 맛이었다. 하지만 그때 먹던 나주배는 어린이 머리통만큼 컸으니까 추황배는 아니었겠지.

강성옥 씨는 큰시누이와 전화로는 길게 얘기하는데 만나면 덤덤하다. 나는 큰시누이랑 통화할 일이 거의 없지만 만나면 할 말이 많다. 하지만 하루에 쓸 수 있는 에너지를 도서관 강연에서 거의 다 쓴 뒤라 집에 가고 싶었다. 나를 너무나 잘 아는 시누이가 전복죽과 살아 있는 전복을 싸주며 빨리 가라고 했다. 우리 부부는 어머니 방에 가서 말했다.

"갈게요. 식사 잘 하세요."

"그래. 어서 가서 쉬어라."

나는 오랫동안 시가 식구들이 헤어질 때 쓰는 인사법에

대해 탐구했다. 분명하게 작별의 말을 주고받았으니까 현관으로 나와서 신발을 신어야 하지만 거실에 머물러 있다. 새로운 대화의 물꼬가 터지고 식구들은 선 채로 이야기를 주고받는다. "이제 가자고!" 흐름을 딱 끊어내는 능력자 강썬이 그리울 지경이었다.

"아이고야, 내 정신 봐라. 문어 갖고 가. 문어."

큰시누이가 우리 부부를 주방으로 데리고 가서 엄청나게 큰 문어를 보여주었다. 영화 「캐리비언의 해적」에 나온 문어의 후손 같았다. 강성옥 씨는 다리 두세 개만 달라고 했다.

"그거 쪼금 가져가서 뭐 해?" 큰시누이 목소리가 높아졌다. 사이좋은 오누이는 문어 앞에서 틀어졌다. 그러나 더 주고 싶어서 안달하는 사람이 패배하는 법. 막냇동생의 고집에 꺾인 큰시누이는 문어 다리 세 개만 잘랐다.

시골길에서 벗어나 첫 번째로 만난 신호등 앞. 강성옥 씨는 재빠르게 스마트폰으로 인터넷 검색을 했다. 신호가 파란색으로 바뀌자 나한테 전화기를 넘겼다. '문어숙회 만드는 법'을 큰 소리로 읽으라고 했다. 나는 한 글자도 틀리지 않게 또박또박 읽었다. 다 듣고 난 강성옥 씨는 집에 바로 못 가겠다고 했다.

"마트 가야겠네. 무를 사야 해."

"갑자기 왜 무를 사?"

"아까 배지영이 읽은 레시피에 나왔잖아."

전혀 기억 안 났다. 건성건성 읽은 티 날까 봐 그냥 따라갔다. 무만 살 거라는 강성옥 씨는 버터도 골랐다. 집에 오자마자 그는 주방으로 갔다. 외출했다가 돌아오면 바로 씻어야 하는 나는 뜨거운 물로 샤워했다. 개운한 몸과 마음, 하루 일을 무사히 마쳤다는 안도감은 전복버터구이와 문어숙회 앞에서 재깍 행복의 감정으로 바뀌었다.

"햐! 맥주까지 있으면 딱일 텐데."

독심술을 연마하지 못한 강성옥 씨를 위해 큰 소리로 요구했다. 꼴깍꼴깍. 맥주 두 모금 마시고 얇게 썬 문어숙회를 먹었다. 쫄깃쫄깃하고 부드러운 숙회에서 바다 향이 나는 듯했다. 많이 먹어본 사람처럼 행세하고 있어도 문어는 내게 낯설다. 우리 시골에서는 7대나 8대 조상까지 거슬러 올라가서 모시는 시제 때만 문어를 올렸다. 아빠는 간단한 한자를 읽는 어린 딸을 친척들에게 자랑하고 싶어서 내 손바닥에 글자를 쓰며 말했다. "문어는 글월 문(文)을 쓴다이. 긍게 '문어 선생'이라고 하제."

나는 강성옥 씨한테 문어숙회와 전복구이를 권했다. 요리할 때 손이 무척 빠른 그는 비싼 식재료로 만든 음식 앞에서는 젓가락질이 느리다. 옛날 할머니처럼 흐뭇하게 처자식이 먹는 모습을 지켜본다. 자기는 밖에서 좋은 음식 먹고 다닌다며 구릉처럼 부드럽게 솟은 자신의 배를 두드린다. 아이들은 커서 이보다 더 좋은 음식 먹을 거라면서 옆구리에 살이 붙기 시작한 나한테만 계속 더 먹으라고 한다.

완벽한 토요일이었다. 한 달만 있으면 군 복무를 마치는 제규는 데이트하러 나갔고, 하루 내내 배드민턴 친 강썬은 사골국에 밥을 두 그릇 먹고서 햄버거 먹고 싶다고 주문했다. 강성옥 씨는 라면에 문어를 듬뿍 넣어서 끓였다. 레시피에 대해 궁금한 게 있었던 나는 알딸딸해지는 바람에 까먹었다. 하룻밤 자고 일어나서야 생각났다.

"강성옥, 근데 문어숙회에 왜 무가 필요했어?"

"문어 삶을 때 같이 넣으면 부드럽게 해준대."

"갑자기 든 생각인데, '남편의 레시피' 써도 돼?"

"안 돼."

"알겠어. 어쩔 수 없지, 뭐."

나는 철저하게 강성옥 씨 말을 따르려고 노트북 근처에

도 안 갔다. 마음은 딴판이었다. 하고 싶은 말들로 꽉 차서 바람을 가득 채운 풍선 같았다. 밀도 높게 머릿속에 몰려 있던 글자들은 엄지손가락 끝으로 이동했다. 밥하는 남편 이야기를 쓰지 않겠다는 약속은 초기화되어버렸다. 나는 누워서 스마트폰을 치켜든 채로 문어숙회 글을 썼다.

콩나물불고기

야근을 대비하는 아침

3

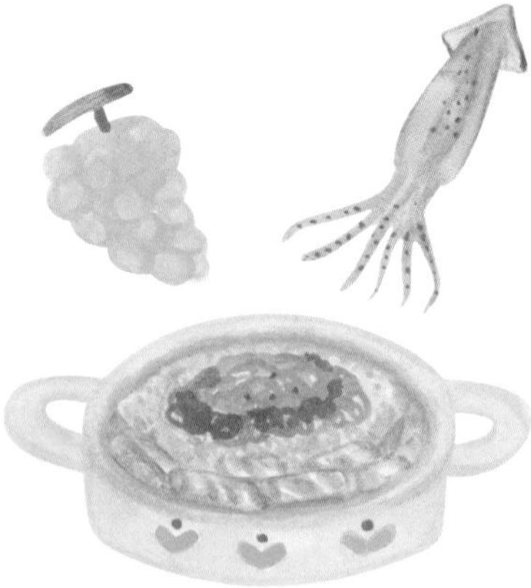

"끼니는 어김없이 돌아왔다. 지나간 모든 끼니는 닥쳐올 단 한 끼니 앞에서 무효였다. 먹은 끼니나 먹지 못한 끼니나, 지나간 끼니는 닥쳐올 끼니를 해결할 수 없었다."

——『칼의 노래』, 김훈

자동차 전용도로를 빠져나오면 밥걱정의 세계였다. 출퇴근하는 자동차 안에서 역사 콘텐츠를 즐겨 들어도 연대기를 착착 꿰지 못하는 강성옥 씨. 냉장고와 뒤 베란다의 식재료는 멀리 떨어져서도 스캔할 수 있는 능력자다. 라면을 혼자 끓여 먹을 때조차 단정하게 차려 먹는 그에게 '대충 때우자'는 생각이 파고들 수 없다.

"나 오늘 늦어. 집에 못 들러."

저녁밥 먹으려면 한참 남았는데 강성옥 씨한테 전화가 왔다. 내 대답을 기다리지는 않았다.

"배지영, 저녁 어떻게 할 거야? 시켜줄까?"

"아니."

"어떻게 할 건데?"

"알아서 할게."

저녁밥 고민을 왜 해? 나는 퇴근길에 떡볶이를 샀다. 러시아 격투기 삼보를 수련하러 다니는 강썬은 아직 집에 오지 않았다. 후다닥 샤워하고 떡볶이를 접시에 덜고 추황배를 깎았다. 마침맞게 현관문 비밀번호 누르는 소리가 들렸다. 강썬은 식탁을 보고 한 가지만은 확실히 안 것 같았다. 아빠가 늦게 온다는 것을.

'걱정하들 말어. 어머니가 있잖니. 목살 구워줄 테니까 떡볶이랑 잡솨봐.'

엄마가 눈빛으로 보내는 말을 알아듣지 못하는 강썬은 시무룩해 보였다. 밥 때문에 실망한 마음을 특식으로 채워줄 수 없는 나는 무릎을 꿇었다. 강썬 탄신 주간(5월 둘째 주)처럼 유튜브 보면서 밥을 먹어도 된다고 '공식적으로' 허락했다. 강썬은 갑자기 주어진 행운을 0.1초도 망설이지 않고 받아들여서 마음껏 누렸다.

오후 8시 30분쯤, 강성옥 씨는 샤인머스캣 한 상자를 사 들고 퇴근했다. 밥을 안 먹었다는 그는 밥통을 열어봤다. 고기에 야채를 듬뿍 넣어 볶고, 김치를 썰어서 접시에 가지런하게 담아 밥을 차렸다. 혼자 먹는 게 고독해 보여서 식탁에 마주 앉았다. 나보고 하던 일을 마저 끝내라고 했다. 속마음과 다른 말일 수도 있어서 나는 강썬까지 식탁으로 불러들였다. 안팎이 같은 강성옥 씨는 처자식을 신경 쓰지 않았다. 서류 보며 전화하면서도 맛있게 밥을 먹었다.

이웃 도시로 출퇴근하는 강성옥 씨는 알람을 오전 7시 20분으로 설정해놓았다. 그보다 일찍 일어나면 침대에 누운 채로 여유롭게 스마트폰을 한다. 오늘은 20분 정도 일찍 깼는데 열이 많은 제규 방으로 바로 가서 창문을 닫아주고, 강썬 방으로 가서 곁에 10분쯤 옆에 누워 있었다. 그러고는 주방으로 갔다.

강썬의 사춘기 신호는 '깔끔'. 일어나면 스마트폰 들여다보지 않고 곧장 샤워한다. 그때 나는 안방 화장실에 있는 드라이어를 거실 화장실 앞에 갖다 놓고, 갈아입을 면티셔츠와 팬티를 대령한다. 물기를 대충 닦고 나오는 강썬

몸을 드라이어로 덥혀드려야 한다. 1초라도 늦으면… 그런 일은 상상조차 해서는 안 된다.

내가 초조하게 욕실 문 앞에서 대기 상태일 때 강성옥 씨는 나를 세상에서 가장 비겁한 방법으로 유인했다.

"샤인머스캣 씻어놨으니까 먹어."

식탁 위에는 알이 크고 탱글탱글하고 달달한 유혹의 과일이 있었다. 알맹이 하나를 뗐는데 하트 모양. 모성은 예쁘고 특별한 것을 보면 강해진다. 무조건 주고 싶다. 기뻐하는 모습을 보고 싶다. 차마 먹을 수 없게 된 나는 강썬에게 바치기 위해 정갈한 접시에 따로 담았다.

강성옥 씨는 냉장고에서 콩나물, 대패목살, 오징어에 각종 양념을 꺼냈다. '남편의 레시피' 쓰려면 지켜봐야 한다. 그러나 강썬이 샤워 끝내고 나올 시간을 예측할 수 없었다. 내적 갈등으로 타들어가기 직전에 강썬은 물기를 뚝뚝 떨어뜨리며 나왔다. 나는 재빨리 드라이어로 머리를 말려주면서 면티를 건네고 아까 놔둔 하트 모양 샤인머스캣을 헌사했다.

이제 내 시선은 욕실에서 열한 걸음 떨어진 주방에 가 있었다. 강성옥 씨는 콩나물을 씻어서 웍에 깔고 그 위에 대패목살을 올렸다. 그러고는 김치냉장고에서 묵은김치를 꺼내 다지듯 잘게 썰고, 양파를 썰었다. 김치와 양파를 대패목살 위에 올리고는 미리 만들어놓은 양념을 끼얹고 가스레인지의 불을 켰다. 도마와 콩나물 씻은 큰 그릇은 바로 설거지했다.

'어? 오징어는 안 넣네.'

나는 의문에 사로잡혔다. 이름은 '콩불(콩나물불고기)'이지만 오징어가 들어간다. 아기 시절부터 해산물을 좋아했던 강썬에게 맞춤형 요리였다. 칼집 넣은 오징어 몸통을 좋아하니까 빼먹을 리 없는데. 주방으로 다가가면 강성옥 씨는 나를 왕파리 취급하며 손으로 쫓아냈다. 사소한 일에 용기 내는 게 더 어렵지만 부딪혀야 하는 순간이 있다. 바쁘다면서 대답 안 해줄 거라고 짐작하고 물었다. 강성옥 씨는 너무나도 아무렇지 않게 말했다.

"이따 넣을 거야. 다른 사람들은 어떻게 하는지 모르겠고, 나는 먼저 끓이고 나서 오징어 넣고 다시 끓여."

아침밥은 나만 먹었다. 강썬은 학교에서 똥 마려울까 봐 못 먹는다. 콩불은 저녁에 먹으라고 많이 한 거다. 강썬은 얇게 썬 목살과 칼집 내서 보기 좋게 오므라든 오징어 몸통을 먹고, 나는 콩나물과 양파를 골라 먹겠지. 오늘 강성옥 씨는 야근이라고 했으니까.

4

월남쌈

환호와 당황 사이의 「더 먹어 지옥」

허둥대는 사람은 고독한 창조의 세계에 진입할 수 없다. 한 점의 그림 같은 정갈한 저녁밥을 차리기 위해 '오늘의 메뉴'에 미리 접속한다. 퇴근하는 자동차 안에서 제철 음식과 냉장고 안을 보여주는 머릿속 '식재료 구간'을 클릭한다. 유난히 영감이 떠오르지 않는 날에는 고양이 손이라도 빌려 모내기하는 농부의 처지가 되어본다. 강성옥 씨가 끼니때 닥쳐서 나한테 전화하는 이유다.

"저녁 뭐 먹을까? 먹고 싶은 거 있어?"

"없어. 근데 아침에 마파두부 했잖아. 그거 나만 먹고 아무도 안 먹었는데."

"뭐 하나 더 해야지. 월남쌈 할까?"

"그럼 강썬은?"

"내가 알아서 할게."

가만 보면 강성옥 씨는 '답정너('답은 정해져 있어. 너는 대답만 하면 돼'의 준말)'다. 동네 마트에서 청경채(작은 묶음이 없다고 한참 고민함), 새순, 피망(더 다양한 색을 추구했으나 빨강 노랑밖에 없었음), 오이 등을 샀다. 강성옥 씨가 즐겨 사는 콩나물, 애호박은 장바구니에 넣지 않았다. 솔직히 장 보는 그의 뒤를 따라만 다녀서 자세한 품목은 모른다.

집에 도착하자마자 강성옥 씨는 출근복 차림 그대로 주방으로 간다. 퇴근하면 바로 샤워하는 습관이 있는 나는 꿉꿉한 걸 꾹 참고 싱크대 쪽으로 갔다. 예상했던 터라 상처받지는 않았다. 그는 나에게 말을 걸지 않았다. 곤충, 자존심 상하게도 왕파리 취급하면서 손으로 휘휘 쫓아냈다. 월남쌈 재료를 씻고 썰고 접시에 놓는 과정을 볼 수 없었다.

씻고 나왔더니 강성옥 씨는 비로소 나를 사람으로 인정하며 말을 걸었다.

"강썬한테 전화해봐."

러시아 격투기 삼보를 수련 중인 강썬은 집으로 오지 않고 위층 시후네 집에 가 있었다. 시대의 흐름을 따라야 한다. "빨리 안 오면 저녁밥 없는 줄 알아!" 옛날 어머니들처럼 으름장을 놓을 수는 없었다. 스마트폰 스피커를 켠 채로 밥 먹으라고 친절하게 말했다. 통화를 들은 강성옥 씨는 통후추 뿌려놓았던 고기를 프라이팬에 굽기 시작했다.

월남쌈, 삼겹살과 상추, 아침에 해놓은 마파두부에 겉절이, 그리고 뭐가 더 있었더라? 생각 안 난다. 의자에 올라가서 찍어야 할 밥상의 전체 샷을 남기지 못한 억울함이 치받힌다. 강성옥 씨는 아무것도 아닌 밥상을 뭐 하러 찍느냐고 했다. 얼마든지 반격할 수 있었지만, 강썬이 단호하게 "배고파!"라고 해서 뜻을 이루지 못했다.

우리 집 밥상에 이국적인 이름의 음식이 오른 건 몇 년 전부터다. 그때 강성옥 씨는 모험 같은 도전에 나섰고 정신이 너덜너덜해질 정도로 많은 일을 겪었다. 가까운 사람들은 그 사실을 잊은 척하다가 서서히 까먹었다. 당사자만이 오래 힘들었다. 일상을 흐트러지지 않게 유지하려고 애쓰던 강성옥 씨는 친구 따라서 베트남으로 떠났다. 돌아올 비행기 표는 예약하지 않은 채로.

말이 통하지 않는 세계. 사람들과 감정을 주고받지 않아도 되는 낯선 곳에서 얼마나 자유로웠을까. 우버 택시를 불러서 원하는 곳에 도착하고, 현지인들이 즐겨 가는 식당에 다녀온 밤에도 강성옥 씨는 메신저로 말했다. "별로." 좋을 게 뭐가 있느냐고 시큰둥했다. 강썬이랑 떡볶이, 오징어튀김, 김밥을 쌓아놓고 먹어도 허기를 느끼던 나는 본심을 숨기지 않았다.

"그렇게 맘에 드는 게 없으면 집에 와야지."

닷새 만에 돌아온 강성옥 씨는 막 퇴근한 사람처럼 주방으로 갔다. 쌀을 씻어 안치고 국을 끓이고 고기를 굽고 야채를 씻고 전을 부치고 김치를 썰어서 깔끔하게 밥을 차렸다. 강썬과 나는 자석에 이끌리는 철가루처럼 식탁에 딱 밀착했다. 강성옥 씨 말을 잘 듣기 위해 태어난 사람들처럼 고분고분해져서 식탁에 수저를 놓고 기다렸다.

잔치 벌이는 사람처럼 음식을 거나하게 차리던 강성옥 씨가 '별로' 상태에서 벗어나 만든 음식이 월남쌈이었다. 고기 약간에 온통 풀밖에 없어서 강썬은 입을 삐죽 내미는 상차림. 그는 강썬이 학교 간 틈에 월남쌈을 만들었다. 해 질 녘까지 들판에서 풀을 뜯어 먹고 되새김질한 소처럼, 실컷 먹고 나른해진 나는 강성옥 씨한테 물었다.

"왜 월남쌈을 자주 해? 베트남 다시 가고 싶어?"

"베트남에서는 한 번도 안 먹었어. 한식 먹었어, 한식."

콩나물이나 두부처럼 강성옥 씨는 라이스 페이퍼를 샀

다. '강썬 님 탄신주간'에 아이가 좋아하는 미스터리 콘텐츠를 같이 보고, 치킨을 연달아 먹고, 이것저것 해달라는 대로 즉각 응하며 진이 빠졌을 때, 각기 다른 색과 향을 가진 채소로 월남쌈을 차려주었다. 강성옥 씨의 부재를 생각나게 하는 음식이자 잘 돌아와서 안도감을 느끼게 해준 음식을.

"먹을 만해?"

라이스 페이퍼에 야채를 순서대로 싸서 소스를 찍어 입에 막 넣었는데 강성옥 씨가 질문했다. 기술도 없고 눈치도 없고 염치까지 없던 시절에는 "아직 씹지도 않았거든." 이라고 쏘아붙였다. 지금은 한없이 성숙해졌으므로 맛있다며 고개를 끄덕인다. 5초 정도 뒤에 나올 리액션을 당겨 쓸 수도 있는 거니까.

강성옥 씨는 거절당할 줄 알면서도 강썬에게 월남쌈 먹을 거냐고 물었다. 싫다는 아이에게 잘 보이고 싶은 그는 깻잎에 고기 두 점을 올려서 싸주었다. 그러고 나서야 자기도 밥을 먹기 시작했다. 애초에 우아함 따위하고 먼 월남쌈. 나는 야성적으로 크게 쌌다. 한입에 밀어 넣고 야채즙을 흡 들이키면서 손등으로 입술을 닦았다.

그러나 '갈비씨'였던 어린 시절의 내가 튀어나온다. 야채든, 라이스 페이퍼든, 손바닥에 펼쳐서 음식을 가득 올린 뒤에 쌈 싸 먹으면 네다섯 번째부터 고비다. 목구멍이 점점 좁아지고 삼키는 데 오래 걸린다. 더는 못 먹겠다는 생각이 파고드는 순간, 강성옥 씨는 '더 먹어 지옥' 문을 활짝 연다.

공부도 독서도 글쓰기도 엉덩이의 힘이 중요하다. 먹는 것도 그렇다. 배불러도 식탁에 앉아서 숨 고르며 잡담을 하면 가짜 식욕이 생긴다. 그렇게 식사를 마치면 체감상 몸무게는 약 1.5 킬로그램 정도 증가한 것 같아서 몸이 둔해진다. 그러나 강성옥 씨는 가뿐하게 일어나서 식기세척기에 그릇을 차곡차곡 집어넣었다.

어떤 영화나 드라마나 책은, 보고 나서 이야기를 나누고 싶다. 누군가를 붙잡고 대화하고 싶은 음식도 있다. 나는 동생 지현에게 식탁 한가운데를 차지한 월남쌈 사진을 보냈다. 척 봐도 손이 많이 갔을 것 같은, 갖가지 채소가 가지런하게 놓여 있는 음식. 강성옥 씨 덕분에 접하게 된 이국의 요리, 지현도 아는 맛이었다.

처음에 지현은 라이스 페이퍼를 신중하게 물에 적셔 각종 야채를 쌌다. 입 짧은 처제가 맛있게 먹는 게 좋았던 강성옥 씨는 며칠 만에 고기와 채소를 더 준비하고 소스도 더 추가해서 처제를 초대했다. 지현은 여섯 살 많은 형부가 자기보다 훨씬 '큰사람'처럼 느껴졌단다. 뭐 하나 맛있게 먹으면 기억했다가 대용량으로 권하는 어른들의 이미지와 겹쳐졌다.

강성옥 씨가 월남쌈 했다고 세 번째로 부를 때부터 지현은 먹어도 먹어도 양이 줄지 않아서 당황하게 만드는 음식과 정면승부를 피했다. 그러나 사진으로 보는 월남쌈은 먹음직스럽다. 지현은 환호에 초점을 맞춘 답장을 보냈다.

"오! 맛나게 먹었겠네."

나는 솔직하게 심경을 토로했다.

"'더 먹어 지옥'에 빠졌음."

5

고기덮밥

안 먹는다고 버텨도
몸무게는 그대로

물, 단무지, 효도. 대한민국 사람이 지켜야 할 '3대 셀프'다. 그래서인지는 몰라도 강성옥 씨는 주로 혼자 시가에 간다. 주말에 아점 먹으면서 식구들에게 물어보기는 한다. 운동(e스포츠, 볼링, 배드민턴)에 전념하는 강썬은 전혀 짬이 안 난다. 마흔 넘어서 첫 책을 펴내고 장래 희망을 '스셀 작가'로 정한 나도 쉬는 날 없이 일한다.

시가에서 돌아오는 강성옥 씨 양손에는 간장게장, 굴, 새우, 갈치, 김치 몇 가지, 온갖 채소가 들려 있다. 그는 식재료를 냉장고, 김치냉장고, 뒤 베란다에 정리하고 저녁밥을 차린다. 한숨 돌리려고 소파에 앉아서 텔레비전 리모컨을 누른다. 늦게 퇴근하니까 볼 수 없던 평일 드라마를 찾아보면 어느새 주말은 썰물처럼 쓸려나가고 없다.

월요일 아침, 강성옥 씨는 시가에서 신문지에 둘둘 말아 가져온 통배추를 꺼냈다. 겉잎은 버리고, 색깔이 진하고 작고 달달한 배추 속잎은 양념장에 찍어 먹기 위해 씻어서 채반에 받쳐 물을 뺐다. 중간 배춧잎은 네모 모양으로 대충 칼질해서 끓는 물에 넣고, 굵은 소금을 두 숟가락 흩뿌렸다. 먼먼 옛날에 가정 가사 시간에 배운 것 같아서 물었다.

"강성옥, 소금 왜 넣어? 배추 색깔 선명하게 하려고?"

"그냥 넣는 거야."

"그냥의 근원이 있을 거 아냐?"

"그런 거 없어. 간하는 거야."

강성옥 씨는 가스레인지에 불을 켜놓은 채 욕실로 들어갔다. 머리를 감고 목에 수건을 두른 채로 데친 배추를 찬물에 식혀서 손으로 꽉 짜놓고 안방으로 갔다. 셔츠와 정장 바지를 입고 와서 갖가지 양념을 꺼냈다. 오로지 자기와의 투쟁을 하는 사람처럼 벽시계 보며 나물을 무치고 안방에서 코트를 입고 나왔다. 전자레인지에서 달걀찜을 꺼내고 배추나물은 글라스락에 담았다. "알아서 먹어!" 그대로 출근했고 술에 취해 퇴근했다.

물, 단무지, 효도, 숙취. 대한민국 사람이 지켜야 할 '4대

셀프'다. 그래서인지는 몰라도 우리 집 냉장고에는 콩나물이 떨어지지 않는다. 반드시 강성옥 씨가 선호하는 브랜드의 콩나물로 콩불을 한다. 콩나물무침, 콩나물라면, 콩나물김치찌개까지, 일용할 양식인 콩나물은 일주일에 한두 번씩 그에게 상비약이기도 하다.

강성옥 씨는 확실히 술을 안 좋아한다. 집에서는 전혀 안 마신다(조카와 후배들 찾아오면 예외). 사람의 마음을 얻는 일에 종사하는 그는 만나서 밥만 먹을 수 없다. 카페 가서 커피만 마실 수도 없는 노릇이다. 사회생활 하는 이상 금주를 선언할 수 없으므로 과음의 책임을 스스로 진다. 식구들에게 의지하지 않고 콩나물에 기대 숙취를 해소한다.

머리가 깨질 것 같다며 일찍 일어난 강성옥 씨. 콩나물국은 1인분만 끓였다. 숙취에 질질 끌려다니지 않고 한 방에 일어서겠다는 결연한 의지를 음식에 담는다고나 할까. 땀 흘리며 먹고 일어난 그는 자투리 콩나물을 보관하려고 야채통을 열었다. 딱 한 줌뿐인 콩나물을 정지 버튼 누르고 보는 영상처럼 몰입해서 들여다봤다.

콩나물은 냉장고로 들어가지 못했다. 강성옥 씨는 소면을 약간만 삶고 콩나물을 데쳐서 양념장을 만들었다. 숙취를 이미 물리쳤는지 요리하는 뒤태가 여느 아침과 똑같이 일사불란했다. 식재료를 씻고 다듬은 커다란 볼과 도마를 애벌 설거지해서 식기세척기에 집어넣고 조리대를 행주로 닦아냈다.

식감이 살아 있는 콩나물 비빔국수는 새콤하고 아삭했다. 언젠가 식구들한테 나는 면을 안 좋아한다고 고백해서 국수 요리 먹을 때마다 놀림감이 되고 있는데 처음부터 제대로 짚고 넘어갔어야 했다. 바지락칼국수, 팥칼국수 같은 두꺼운 면을 안 좋아한다고. 그러니까 콩나물국수에 들어간 소면은 맛있게 먹을 수 있다고.

회사로 출근하지 않고 KTX 타고 서울로 출장 가는 강성옥 씨는 여유가 좀 있었다. 그를 좀 아는 사람이라면 이 문장에서 두 가지 위험 신호를 감지할 수 있을 거다. 시간이 남는다는 것과 출장. 한밤중에 돌아오지만 출장은 출장, 자기 없으면 식구들이 쫄쫄 굶는다고 생각하는 강성옥 씨를 말려도 소용없다. 나는 일하러 방으로 들어갔다.

강성옥 씨는 거실과 주방이 자기 영역이라고 '소리'로 표시한다. 영화나 드라마를 검색해서 텔레비전 볼륨을 크게 켜놓은 채 주방으로 간다. 채소를 씻고 도마질을 한다. 화력을 세게 하면 고기 굽는 소리가 빗소리처럼 들린다.

음식 담은 접시를 식탁에 놓는 소리가 들리면 식사 준비는 다 됐다는 뜻, 얼마 안 가서 강성옥 씨는 수저를 놓아달라거나 밥 먹으라고 부른다.

한창 크는 애들도 정오 되기 전에 두 끼를 연달아 먹으려면 힘들다. 그 어려운 일을 해내기 위해서는 수십 년간 수련해야 한다. "생각 없는데…"라면서 한발 물러서면 안 된다. "살찌는데…"라고 몸매 걱정을 하면서 요리한 사람의 기운을 빼도 안 된다. 나는 강성옥 씨 밥상을 먹으며 단련해온 사람, 노트북을 끄고 식탁으로 갔다. 경지에 다다르지 못한 내 말투는 순간적으로 퉁명스러워졌다.

"이게 다 뭐야?"

"덮밥."

"튀김도 있는데?"

"고구마랑 가래떡. 배지영이랑 강썬이 안 먹으니까 튀겼어."

"(버럭) 왜 그랬어? 무조건 맛있어지잖아."

"그럼 버려?"

나는 고구마튀김을 먼저 먹었다. 아는 맛이었다. 바삭바삭하고 따뜻하고 달콤해서 절제하지 못하게 하는 마성의 맛. 국방의 의무를 마치고 다음 날에 바로 긴 여행을 떠난 강제규가 갑자기 그리웠다. 이런 날 집에 있었으면 얼마나 좋을까. 어머니가 고칼로리 음식 먹고 부대끼지 않도록 자기 앞으로 접시를 끌어당길 텐데.

감상에 젖을 뻔한 나에게 강성옥 씨는 어서 비비라고 덮밥을 가리켰다. 우리는 옛날 사람, 밥을 먹어야 식사다. 현미 조금 넣고 지은 밥에 청경채(시골에서 본 적 없는 채소라서 고급 식재료라고 수십 년째 오해 중), 달걀지단, 김자반, 뼈 없는 대패목살이 수북했다. 내가 해도 맛있을 판이었다(그냥 막 던짐).

그러나 매우 큰 비빔밥 그릇에 담겨 있는 덮밥을 보고는 마음의 소리가 참지 않고 튀어나왔다.

"이거 다 못 먹어."

혼자 일하는 나는 점심을 잘 안 먹는다. 식사하고 앉아 있으면 가득 찬 위가 답답해서 아파트 주변을 돌다가 곁길로 샌다. 하루치 일을 못하는 게 싫어서 낮밥을 거를 때가 많다. 그런데 이미 고구마튀김까지 몇 개 먹었다.

KTX 시간이 얼마 남지 않았다. 요리하는 손도 잽싸고 판단도 빠른 강성옥 씨는 자기 덮밥을 예쁜 그릇에 옮겨 담고 랩으로 감쌌다. 강썬의 저녁밥 해결! 남은 덮밥을 둘이서 나눠 먹었다. 나는 바쁠 게 없으니까 느릿느릿 먹으면서 속으로 쾌재를 불렀다.

'으하하하하! 오늘 저녁은 내 맘대로 할 거야. 안 먹을 거라고.'

아빠 없으면 강썬은 나름의 자유를 만끽하려고 한다. 거실에서 텔레비전으로 유튜브 보며 식사하는 것. 한 그릇 음식인 고기덮밥은 저녁 메뉴로 딱이었다. 고래고래 소리 지르는 게임 콘텐츠를 보며 강썬은 웃었다. 뭐가 그렇게 재미있는지 모르는 나는 빨리 먹으라고 재촉할 수 없으니까 텔레비전 앞을 왔다리 갔다리 했다.

식탁에서 밥 먹는다고 언제나 화기애애하게 이야기를 주고받지는 않는다. 그래도 식구끼리 마주 앉아 먹으면 포만감은 오래 간다. 이상하게도 영상 보며 혼자 밥 먹으면 미묘한 허기가 맴돈다. 책도 읽어줬고 이제 자야 하는데, 강썬은 잠자는 시간에야 돌아온 아빠한테 자신의 욕망만을 내세웠다.

"아빠, 고기덮밥 남았어?"

강성옥 씨는 외출복 차림 그대로 주방으로 가서 고기덮밥을 새로 만들었다. 저녁밥을 안 먹은 나는 강썬이 먹는 모습 앞에서 의연했다. 도로 아미타불. 아침에 일어나자마자 재봤더니 몸무게는 0.1그램도 빠지지 않았다.

6

그라탱

불가능한 완전 범죄

작업실이 따로 있어도 매일 출근하지 못하는 이유는 점점 늘어났다. 5위는 씻는 게 너무 귀찮아서, 4위는 노트북 가방 싸는 게 싫어서, 3위는 그냥, 2위는 좋아하는 아티스트의 동영상을 보다가 도저히 멈춤 버튼을 누를 수 없어서, 1위는 ○○. 웬걸! 강성옥 씨는 1위를 듣고 전혀 납득하지 못했다. 그런 이유를 내세우며 출근 고민하는 사람은 거의 없다고 했다.

자란 곳의 영향일까. 우리 동네 사람들은 이것의 지배를 받으며 살았다. 한 계절 내내 이것 때문에 밥벌이를 쉬었다. 그런데 신기하게도 도시에서 태어난 우리 아이들도 이것을 내세우며 유치원과 학교에 가기 싫다고 표현했다. 너무나도 그 마음을 잘 아는 나는 반대하지 않았다. 지각과 조퇴를 가능하게 만든 이것은 무엇일까요.

정답은 날씨.

하늘이 낮게 가라앉고 세상이 흐려지면 내 어깨는 처졌다. 비 오기 전에 몸이 먼저 알았다. 장마철에는 사방에서 풍겨오는 헛간 냄새 때문에 입맛을 잃었다. 하늘이 높아지고 쾌청한 날에도 학생으로서 또는 밥벌이하는 어른으로서 응당 해야 할 일을 회피하곤 했다. 벚꽃이 피거나 눈 내리는 날에는 아이들을 먼저 꾀기도 했다. 같이 놀다가 조금 늦게 등교시켰다.

성실하지 못한 핑계를 길게 댔다. 오늘은 가을을 생략하고 겨울이 온 것처럼 지나치게 추워서 작업실에 가지 않고 집에서 원고를 마무리했다. 때마침 현관 디지털키 누르는 소리가 들리길래 거실로 나갔다. 자기가 무슨 우사인 볼트 같은 단거리 육상 선수야? 강성옥 씨는 어느새 주방에 가 있었다. 오후 6시에 나가야 하니까 시간 없다면서.

"저녁 메뉴 뭐야?"

나는 명색이 '남편의 레시피' 기록자. 질문할 수밖에 없었다.

"아무것도 아니야. 저리 가 있어."

그게 뭐든, 아무것도 아니라는 아저씨 화법에 맞서는 것 자체가 패배의 길. 뒤로 물러난 내 귀에 고르고 빠른 칼질 소리가 들렸다. 조금 큰 그릇에 달걀을 넣고 숟가락으로 휘저어 푸는 것도 알 수 있었다. 프라이팬을 달구고 기름을 두르고 치익! 곧이어 달큼한 양파전 냄새가 안방까지 밀려왔다. 나는 슬슬 일어났다. 물 마시는 척하면서 가스레인지까지 진출했다. 강성옥 씨는 그새 고기를 굽고 있었다.

구운 고기에 쌈을 싸는 건 세 사람 이상 모여서 먹는 음식 아닌가? 밥 먹을 사람은 나하고 강썬 둘뿐인데. 그러니까 음식이 지나치게 많아서 마땅찮다는 말이다. 척하면 척, 내 마음을 읽을 리 없는 강성옥 씨는 큰 소리로 요구했다. 두꺼운 점퍼 안에 입을 얇은 옷 하나만 꺼내달라고. 시계를 보니 5시 52분. 약간 상한 내 심기를 드러낼 여유가 없어서 안방으로 갔다.

"어. 벌써 왔어?"

강성옥 씨는 걸려온 전화를 받았다. 6시에 우리 집 주차장으로 오기로 한 사람이 도착했다고 소식을 전한 모양이었다. 초 단위로 시간을 따져야 하는 상황. 강성옥 씨는 밥상 차리는 데 양손을 쓰느라 어깨를 최대한 치켜올려 통화를 이어갔다. 내가 대신 스마트폰을 귀에 대줄까 고민하는 찰나, 대화는 마지막 단계에 접어들었다.

"뭐 하긴 뭐 해? 밥하고 있지. 거의 다 했어. 쫌만 기다려."

헉! 처마 밑으로 떨어진 커다란 고드름에 머리를 맞은 것처럼 얼떨떨했다. 강성옥 씨는 저녁 약속이 많다. 대개 술을 마시니까 차를 놓고 간다. 그때 누군가는 우리 집 주차장에서 기다렸다가 약속 장소로 같이 간다. 후배이거나 친구이거나 선배인 그들은 도착하면 전화를 했다. 강성옥 씨 대답은 거의 똑같았다. 지금 저녁밥 차리고 있다고, 금방 내려간다고.

우리 아파트 주차장에서 기다리던 그 많은 이들 중에서 의문을 가진 사람은 없었을까. 투잡 뛰는 사람처럼 일을 많이 하고 약속이나 모임도 많은 강성옥 씨는 왜 저녁마다 집에 들러 밥을 하고 나올까. 늦둥이 아들은 초등학생이니까 그렇다고 쳐도, 아내라는 사람은 왜 자기 손으로 밥을 안 차리는 걸까.

'도대체 나는 뭐 하는 사람인가.'

자기 파괴적인 생각에 빠져들기 전에 오븐 타이머가 울렸다. 강성옥 씨는 요리장갑을 끼고 오븐에서 음식을 꺼냈다. 비통한 내 마음을 들여다보기라도 한 것처럼 친절하게 나왔다. 고기나 달걀 채소 등으로 요리해서 치즈를 뿌려 오븐에 구워내는 음식이라고 했다. 화려한 색감부터 맘에 꼭 들었다.

"그라탱이야. 맛없을지도 몰라."

"맛있게 생겼는데?"

"원래 고기 넣는 건데 가래떡 넣었다."

"꺄아! 나 너무 좋아하는 거잖아."

하마터면 집안일도 못하고, 책상도 한심할 정도로 어질러놓고, 식구들의 짐만 된다며 자책의 늪에 빠질 뻔했다. 그라탱이 활기와 식욕을 주입시켜 나를 구원했다. 러시아 격투기 삼보를 수련 중인 강썬이 돌아올 때까지 기다리지 않고 젓가락을 들었다. 차라리 싹 먹고 '완전 범죄'로 갈까. 그런데 강썬도 그라탱을 무척 좋아할 텐데.

강썬아. 소년들은 스무 살 되기 전에 많이 이런다. "엄마가 나한테 해준 게 뭐 있어?" 그때를 대비해서 엄마는 꼭 하는 게 있어. 네가 샤워하고 나면 드라이어로 몸 말려주고 갈아입을 옷 주는 것. 짱구네 집처럼 너 좋아하는 보리차 끓여주는 것. 그리고 그라탱 절반 남겨주는 것.

7

새우갈릭버터구이

빼빼로와 가래떡 먹는 날에
우리 집에서는

스마트폰 진동벨이 울렸다. 사랑스럽다가도 맹수처럼 포효하는 강썬의 이름이 떴다. 초등학교까지는 걸어서 5분, 등교한 지 30분쯤 지났는데 왜 전화를 한 걸까. 아무리 스트레스 지수가 낮은 엄마라 할지라도 가슴이 불안하게 뛰었다. 바로 통화 버튼을 터치하지 못하고 2~3초 동안 용건이 무엇일까 추측해봤다.

(포켓몬 카드를 못 사서) 어디가 아픈가.

(수학 숙제 안 해서 방과 후에 남을까 봐) 어디가 아픈가.

(어젯밤에 애써서 접은 딱지를 순식간에 다 털려서) 어디가 아픈가.

아프면 눕는 게 우리 집 가풍이다. 누워 있으면 유튜브라도 보고 싶고, 그러다 보면 허기져서 무언가 먹으려고 몸을 일으켜 앉게 된다. 학교에 있을 시간에 배달 음식 먹고 뒹굴뒹굴 룰루랄라 놀다 보면 기적이 일어나고야 만다. 세상에서 가장 행복한 사람이 되어 있다. 우리 집 아이들이 정기적으로 아프다고 하는 이유다.

"너무 아프면 조퇴하고 와야지." 할 말을 정하고 전화받았다.

"엄마!"

강썬의 건강상태는 양호한 것처럼 들렸다. 중학교 원서 접수 서류에 부모님의 도장을 찍어야 하는데, 혼자만 그냥 갔다고 했다. '1초라도 지체해서는 안 될 일이네.' 나는 현관 앞에서 인주와 도장을 들고 서 있다가 몹시 억울한 표정으로 들어온 강썬을 맞았다. 길게 팔을 늘려서 등에 메고 있는 강썬 책가방의 지퍼를 날쌔게 열었다.

"엄마, 안 돼! 안 돼!"

티를 안 내고 살아서 그렇지, 사실 내가 '준 체육인'이다. 초등학교 운동회 때는 이어달리기 주자였고, 대학 4학년 때는 씨름왕(참가자 수 비밀)에 올랐고, 아기 낳은 지 세 달 됐을 때는 시민단체 체육대회 농구 경기에서 3점 슛을 쏘았고, 아기 젖 떼고 간 지리산 장터목에서 깎은 사과가 땅에 떨어졌을 때는 흙 묻기 전에 잽싸게 주웠다.

육체적 파워와 민첩함 때문에 강썬이 방어하려는 뭔가를 보고 말았다. 가방 속에는 빨갛고 노란 것들이 직각으로 꽂혀 있었다. 몇 개인지 세기 전에 강썬은 가방의 지퍼를 닫았다. '아! 오늘 11월 11일이구나.' 학교 안 가고 동네 마트와 문구점을 돌면서 빼빼로를 사러 다녔나 보다. 친구들에게는 뭐라도 주려 애쓰고 엄마한테는 버럭하는 게 성장기 청소년의 기본 태도. 쿡쿡 삐져나오는 웃음을 참으며 나는 강썬이 내민 서류에 도장을 찍었다.

퇴근 시간, 강성옥 씨는 방앗간에서 막 가져온 가래떡을 판다는 어느 단체 바자회에 가자고 했다. 날씨는 쌀쌀하고 비는 추적추적 내렸다. 다들 귀가하는 시간이니까 차 막힐 수도 있다. 갑자기 맹렬하게 배고팠다. 챙겨 먹는 게 귀찮아서 하필 점심을 거른 내 머릿속에는 폴폴 김이 이는 따끈따끈하고 말랑말랑한 가래떡이 그려졌다. 양손에 한 가닥씩 들고서 강썬에게 오늘은 가래떡 먹는 날이라며 으스대고 싶은 마음도 있었다.

그로부터 15분 뒤에 나는 말을 잃었다. 최소한 어른 손의 두 뼘 높이로 쌓여 있어야 할 가래떡이 완판되고 없었다.

"짜증 나." 전염성이 강한 이 말은 우리 집 금지어다. 나는 어금니를 꽉 물고 속으로만 말했다. 소리를 안 듣고도 귀신같이 척척 알아듣는 강성옥 씨가 다른 데서 떡을 사자고 했다. 허기 때문에 한 줌 있던 아량마저 실종된 나는 대꾸했다.

"아, 진짜. 왜 오늘 11월 11일인 거야? 나 원래 떡도 안 좋아하는데! 그냥 집에 가자."

내 말을 '기필코 떡을 먹어야겠다'는 뜻으로 오역한 강성옥 씨는 우리 동네 떡집으로 차를 몰았다. 긴 가닥에서 반 토막으로 잘라 포장한 떡볶이떡, 가래떡, 호박가래떡을 계산하고는 그중에서 노란색을 나한테 내밀었다. 온기는 없지만 말랑말랑했다. 소금 간을 세지 않게 해서 밍밍하다 싶은 맛도 마음에 꼭 들었다. 우리 집 주차장에 도착했을 때 나는 성숙한 아주머니로 돌아와 있었다.

집에는 큰시누이가 준 대하가 많았다. 유전이라 어쩔 수 없이 '손 큰 병'이 있는 큰시누이는 보통 10킬로그램짜리 대하 한 상자를 사서 나눠준다. 성질이 급한 편인 자연산 대하는 잡히고 얼마 안 있어 죽는다지만 양식 새우는 꽤 오래 버틴다고 한다. 시누이들이 스티로폼 상자 속에서 팔딱거리는 대하의 머리를 떼내고 그 자리에서 초고추장 찍어 맛나게 먹는 걸 본 적도 있다.

해가 짧아지고 날씨가 쌀쌀해지면 서해 사람들은 대하를 먹는다. 몸을 따뜻하게 해주는 큰 새우에는 칼슘과 철분이 풍부하다고 학교 다닐 때 배웠다. 완전히 까먹고 있다가 아이들 키우면서 새우가 뼈 건강에 좋다는 생각이 났다. 대하 철이 돌아오면 강성옥 씨는 어시장에서 새우와 전복을 같이 사 왔다. 냄비에 굵은 소금을 깔고 가스 불을 켜면 투명한 새우 색깔은 꽃분홍색에 가깝게 바뀌었다. 강성옥 씨는 얼른 강썬을 안아서 신기하다며 보여주었다.

아빠의 사랑을 알아주려고 작정한 듯한 강썬은 새우 요리를 좋아했다. 강성옥 씨는 새우튀김을 하고, 파 기름을 내서 새우볶음밥을 하고, 라면에 새우를 넣고 끓였다. 실컷 먹고 남은 새우는 소분해서 냉동실에 보관했다가 된장찌개에 넣거나 소고기 대신 새우를 넣고 미역국을 끓였다. 젓가락질에 서툰 아기 강썬은 용케도 새우를 쏙쏙 골라 먹었다.

곧게 뻗은 직선의 음식을 먹어야 하는 11월 11일, 우리 집 싱크볼 안에는 굽은 새우의 껍질이 가득 있었다. 거슬려서 그걸 치우려고 했더니 글쎄 별일이 일어났다. 강성옥 씨는 나를 왕파리 취급하지 않았다. 쫓아내지 않은 거다. 강성옥 씨의 탈을 뒤집어썼을 것 같은 '스윗 가이'는 인간 대 인간이 주고받는 말을 했다.

"비린내 나니까 만지지 마."

조금 감동한 나는 순순히 거실로 물러나서 주방 쪽을 지켜봤다. 그런데 따뜻한 가래떡을 못 샀을 때부터 강성옥 씨의 저녁 메뉴 프로그램에는 에러가 발생한 건가. 음식 만드는 중에 양파와 피망이 없다면서 장 보러 갔다. 강썬은 전광석화 같은 순간을 포착했다.

"아빠! 빼빼로도!"

당연히 엄마 주려는 거겠지만 확답을 듣고 싶었다. 친구들 나눠주고 많이 못 먹어서 본인 드실 거란다.

아파트 쪽문 쪽 마트에 다녀온 강성옥 씨는 걸려오는 전화도 받지 않고 음식을 하고 밥상을 차렸다. 나보고는 수저를 놓아주고, 밥도 좀 퍼달라고 했다. 내 자랑 같지만, 단순한 일을 지겨워하지 않고 잘하는 편이다. 사진 찍기 좋게 밥그릇을 반찬 쪽으로 붙였다가 뗐다가 하면서 공들이고 있는데, 우리 집의 최고 존엄 강썬이 찰지게 말했다.

"엄마, 사진 꼭 찍어야겠어?"

나는 강썬의 마음을 읽기 위해 단련해온 사람. 찍지 말라는 명령을 나름대로 다정하게 표현했다는 걸 안다. 그러나 사춘기 아이 앞에서 무조건 박박 길 수는 없다. 청소년 특유의 "어쩌라고요?" 표정을 나도 할 수 있다. 안 들리는 척, 사진 찍는 일에 집중했(다고는 못한)다. 음식 사진을 하나하나 찍지 않고 의자에 올라서서 전체 샷만 찍고 말았다.

길쭉하게 뻗어 있는 빼빼로나 가래떡을 먹는 게 '국룰'인 날, 강성옥 씨는 코페르니쿠스적인 전환을 했다. 구부러진 새우를 주재료로 삼았다. 구이나 튀김이나 찌개도 아니었다. 새우 몸통은 껍질을 벗겨 이쑤시개로 내장을 빼내고, 몸통보다 늦게 익는 새우 머리는 따로 떼냈다. 처음으로 새우갈릭버터구이를 식탁에 올렸다. 고소한 맛이 일품이라는 바삭한 새우 머리를 처자식은 손도 대지 않았지만 언제나처럼 편식을 허용했다.

어떻게 이렇게 색감도 좋고 맛있게 요리했냐고, 어떻게 떡까지 넣을 생각을 했냐고 물어봤더니 돌아오는 답은 냉정했다.

"배지영이 식당 가서 비법 알고 싶다고 해봐. 알려주겠어?"

나는 가정집에서 하는 복수를 알고 있다. 어릴 때 종종 해봤다. 안 먹는 거다. 그때는 식욕 자체가 없어서 얼마든지 가능했다는 걸 깜빡했다. 배고픈 중년 여성은 맛있게 먹고 말았다.

무나물

8

단맛、신맛、짠맛、쓴맛、 감칠맛에 더해진 그리움의 맛

우리 집 식구들은 겨울잠 자는 개구리나 곰이 아니다. 날씨가 쌀쌀해진다고 체중을 억지로 늘릴 필요는 전혀 없다. 자고 일어나면 먹을 게 있나, 닥쳐올 겨울을 어떻게 날 것인가 걱정하며 눈앞에 보이는 것을 닥치는 대로 흡입하지 않아도 된다. 원래대로 먹어도 강썬은 자라고, 분하게도 나는 둥글둥글한 아주머니가 되어가고 있다.

언제나 식생활의 변수를 불러오는 사람은 강성옥 씨. 치즈를 많이 넣고 만든 치덕치덕한 그라탱에 식구들이 열광하니까 자만에 빠진 것 같았다. 며칠 동안 주재료를 바꿔가며 치즈 듬뿍 넣은 요리를 만들었다. 일요일 오전에는 떡강정과 가래떡그라탱을 동시에 차렸다. 내 자랑 같지만,

먹는 걸로 불평하는 일은 여섯 살 때 증조할머니한테 밥그릇을 빼앗기고 나서 고쳤다.

'언젠가는 나도 강성옥 씨처럼 D라인이 되고 말겠지.' 그라탱을 주구장창 먹는 동안 막연했던 짐작은 손에 잡히는 옆구리살로 확실해지고 있었다. 식사 끝나고 조금이라도 움직이려 애썼다. 음식물 쓰레기 버리러 간 김에 차가운 밤바람 맞으며 아파트 단지를 2,000보쯤 걸었다. 고칼로리 음식은 내 몸에 축적되겠지만, 마음만은 아주 조금 가벼워졌다.

"아빠, 밥 줘라. 밥으로 그냥 먹고 싶다. 사골국에 파 많이 넣어 가지고."

우리 집 최고 존엄 강썬은 견디지 않고 요구했다. 강성옥 씨는 아들의 주문을 머릿속에 입력하면서 주방 옆 베란다 문을 열었다. 김장 직후라 텃밭 농사 짓는 큰시누이가 챙겨준 게 많았다. 마치 모든 밭작물의 주인공이나 되는 것처럼 스포트라이트를 독점하는, 둘둘 말린 신문지 속에 든 배추를 흘낏 봤다가 무를 꺼내 왔다. 생채, 나물, 깍두기, 소고기뭇국, 갈치조림, 국물용 육수 등으로 쓰이는 무는 강성옥 씨가 자주 쓰는 식재료 중의 하나다.

빠르고 고른 칼질 소리가 났다. 처음 만났던, 스물네 살

청년 강성옥 씨도 칼질을 잘했다. 후배들과 살던 그는 양팔을 뻗으면 꽉 차는 좁은 주방에서 순식간에 오이냉채와 감자볶음을 만들었다. 너무 시어서 입에 침이 고이고 저절로 인상까지 쓰게 만드는 김치는 양파를 듬뿍 넣고 볶았다. 별거 없는데도 여럿이 둘러앉아 먹으면 맛있었다.

내가 처음 자취방에 냉장고를 들였을 때, 강성옥 씨는 장을 봐 왔다. 커다란 양푼도 없는데 생채와 배추김치를 뚝딱 담가주었다. 종종 우렁각시처럼 국을 끓여놓거나 밑반찬을 만들어주고 갔다. 그는 조리도구에 대해 품고 있는 '장비빨' 욕망을 결혼하고서 드러냈다. 채칼은 동네 그릇가게에서 사는 걸로 만족 못하고, 홈쇼핑과 인터넷쇼핑까지 기웃거렸다. 복잡하고 날카롭게 생긴 칼날에 손을 크게 베이고 난 뒤부터 도마와 칼만 쓰고 있다.

강성옥 씨가 채칼에 집착한 이유는 건사해야 할 처자식 때문이었다. 제규와 강썬은 어려서부터 생채 비빔밥을 좋아했다. 맛있는 생채가 냉장고에 있는 날에 강성옥 씨는 끼니 걱정을 덜하는 것 같았다. 너무 바빠서 집에 못 들르는 저녁에는 달걀프라이 해서 생채 비빔밥 해 먹으라고 당부했다. 막냇동생의 딱한 사정을 너무나도 잘 아는 큰시누이는 초대용량 김치통에 꽉꽉 눌러 담은 생채를 주며 말하곤 했다.

"배지영이, 이거 안 많아. 싱겁게 했으니까 강썬 이모네도 주면 되지. (웃음) 저녁에 성옥이 올 때까지 기다리고만 있지 말고 강썬이랑 참기름 넉넉하게 넣고 비벼 먹어."

큰시누이의 생채는 익을수록 새콤해진다. 강성옥 씨는 처음부터 그렇게 만든다. 무를 채 썰어서 소금으로 숨을 죽이지 않고 소금물에 담갔다가 물기 쭉 짜내고 양념에 버무린다. 그때 식초도 넣는다. 콩나물무침에도 식초가 들어간다. 차려주는 음식에 의문을 제기하지 않는 편이지만 한 번은 이유를 물어봤다.

"배지영이가 새콤한 맛을 좋아해서 그러잖아." 생채 레시피에 어울리지 않는 몹시 달달한 대답을 듣고 말았다.

드디어 강썬이 주문한 대로 파 많이 넣은 사골국이 식탁에 올라왔다. 치즈 이불을 덮은 그라탱도 우리 식구들한테 처음 선보이는 것처럼 또 올라왔다. 강성옥 씨가 고칼로리 음식을 이토록 사랑할 리는 없다. 아마도 치즈 유통기한이 임박한 거겠지,라고 생각하며 나는 곱창김에 밥을 먼저 쌌다. 마늘장아찌, 호박전, 생채도 공평하게 한 번씩 먹으려고 했지만, "이건 살 안 찔 거야."라는 안도감을 주는 무나물 쪽으로 젓가락이 갔다. 달큼하고 개운한 무나물은 지나간 어느 한때로 나를 데려다주었다. 아니다, 끌고 갔다.

1995년 겨울, 그러니까 강성옥 씨도 우리 제규처럼 멋지고 잘생긴 청년이었을 때였다. 부모님이 일 보러 시내로 나가자 바로 나한테 전화를 걸었다. 집에 아무도 없다며 밥 먹으러 올 수 있냐고 물었다. 추웠고, 대낮인데도 바깥은 침침했고, 움직이는 게 너무 귀찮아서 나는 선뜻 대답하지 못했다.

"밥해줄게. 동생이랑 같이 와."

나는 동생 지현과 둘이 자취하고 있었다. 추석 때 엄마 집에 갔다 왔으니까 몇 달 동안 집밥은 구경 못 했다. 흔하게 먹던 된장국이나 김치찌개, 접시에 푸짐하게 담은 나물 한두 가지, 기름진 게 있어야 하니까 양파나 감자라도 볶은 음식이 올라온 밥상에 앉아 별말 없이 먹고 싶었다. 먹고 있는데도 더 먹으라고 권하는 '어른'의 잔소리가 간절했다.

우리 자매는 자취방 앞에서 12번 버스를 탔다. 우리가 자란 산골과는 다르게 넓은 들이 펼쳐진 동네. 몇 번째 정거장에서 내려야 하는지 세지 않아도 괜찮았다. 종점에서 내려서 100미터 정도 가면 닿는 점빵이 강성옥 씨네 집이었다. 옛날식 한옥 마루에 새시를 달고 방 하나를 터서 입식 주방과 수세식 욕실을 들인 집 안은 따뜻했다.

강성옥 씨는 우리 자매보고 거실에 있으라고 했다. 자기는 밭에 묻어두었다는 무를 꺼내러 양푼을 들고 나갔다. 우리 자매는 차가운 두 손을 엉덩이로 깔고 앉아서 벽을 봤다. 강성옥 씨 가족의 역사를 한눈에 보여주는 액자들이 걸려 있었다. 갓 쓰고 도포 입은 할아버지의 사진을 보며 강성옥 씨와 닮은 점을 찾아보고 있었다.

무를 꺼내는 사이에 눈을 뒤집어쓴 강성옥 씨가 가게 문 사이로 보였다. 외투도 안 입은 그는 머리에 쌓인 눈만 대충 털어내고 들어왔다. 지현이 일어나서 뭐 도와줄 거 있냐고 물었다. 강성옥 씨 답은 처음과 똑같았다.

"그냥 앉아서 쉬어."

그는 우리 자매들이 어색해하면서 오래 기다릴까 봐 빠르게 칼질을 했다. 박대를 굽고, 호박전을 부치고, 소고기뭇국을 끓이고, 무나물을 해서 밥을 차렸다. 속부터 뜨뜻해지는 음식이었다. 진짜로 우리는 별말 하지 않고 먹기만 했다. 어릴 때 먹고 자란 박대구이도 익숙했고, 무나물은 눈물 날 만큼 맛있었다. 편식하는 편인 우리 자매는 소고기뭇국의 고기는 그대로 남겼다.

후식으로 사과를 먹는 사이에 눈은 폭설로 변했다. 도로와 논밭의 경계마저 희미해져 버렸다. 밤이 되려면 아직 시간이 남았는데 해 질 녘 같았다. 오도 가도 못하게 될까 봐 서둘러 집에 가려고 외투를 입었다. 인터넷도 없던 때였는데, 12번 버스가 재를 넘지 못했다는 연락을 받았다.

돌아갈 방법이 있긴 있었다. 우리가 왔던 도로 말고, 반대편 길로 이어진 동네로 20분쯤 걸어가면 다른 노선의 버스가 아직 다닌다고 했다. 빠르게 걷는 우리 세 사람 위로 굵은 눈이 펑펑 쏟아졌다. 눈사람이 된 채로 초조하게 탈 것을 기다렸다. 버스의 형체는 보이지 않았지만 엔진 소리가 점점 가깝게 들렸다.

사골국에 밥을 만 강썬은 호박전과 생채를 먹었다. 초록색 나물을 선호하는 아이는 무나물을 안 먹었다. 무나물에 대한 풍부한 서사를 가진 나는 접시에 붙은 것까지 싹싹 먹었다. 사시사철 먹는데, 왜 추울 때 식탁에 올라온 무나물을 보고는 여러 가지 생각에 잠기는 걸까. 한겨울에는 밖에 나가 놀지 않고 집 안에 있느라 엄마의 동선을 눈여겨봐서일까.

내가 자란 시골은 김장 끝나고 나면 텃밭에 구덩이를 파서 짚을 빙 둘러 깔았다. 거기에 무를 차곡차곡 쟁이고는 얼지 않게 다시 짚을 올리고 흙으로 덮었다. 엄마는 끼니마다 구덩이에서 무를 파 와 국을 끓이고 나물을 했다. 어린이 허벅지만큼 눈이 쌓이면 빗자루를 들고 가서 쓸어낸 다음에 언 땅을 팠다. 무를 꺼내 들고 온 엄마는 눈사람이 되어 있었다.

일과를 마친 느긋한 저녁밥 시간. 무나물 한 접시 덕분에 20년 전, 40년 전으로 끌려갔다 온 나는 재미있는 영화나 책을 읽은 것처럼 이야기가 하고 싶었다. 아지랑이 일듯 간질간질한 내 마음을 알 리 없는 강성옥 씨에게 물었다.

"무나물, 채 썰었어?"

너무나 바보 같은 질문에 그는 허를 찔린 듯했다. 어이없는 표정으로 대꾸했다.

"그럼 채 썰지? 토막 내?"

아무 말도 안 하면 정말로 바보 인증을 하는 것 같아서 채 썬 무를 뜨거운 물에 데쳐서 양념하냐고 질문했다. 강성옥 씨는 대답해주지 않고 빈 그릇을 걷어서 식기세척기에 집어넣었다. 그렇게나 무나물이 궁금하면 직접 해보라고, 베란다에 아직 무가 많다고 했다. 여름에 나오는 것보다 더 단단하고 오래가고 심이 박히지 않은 맛있는 겨울

무가.

이제는 날씨 춥다고 무를 땅에 묻는 사람이 내 주위에 한 명도 없다. 그래도 겨울에 무나물을 먹을 때는 눈에 파묻힌 채 무를 가져오던 젊은 우리 엄마를, 잘생긴 청년이었던 강성옥 씨를 떠올리곤 한다. 음식에는 단맛, 신맛, 짠맛, 쓴맛, 감칠맛만 있는 게 아니었다. 정말로 그리움의 맛이 포함되어 있다는 생각이 든다.

3장

살아가는 일의 기본은 잘 먹는 것

9

주말 간식을 건너뛰지 못하는 이유

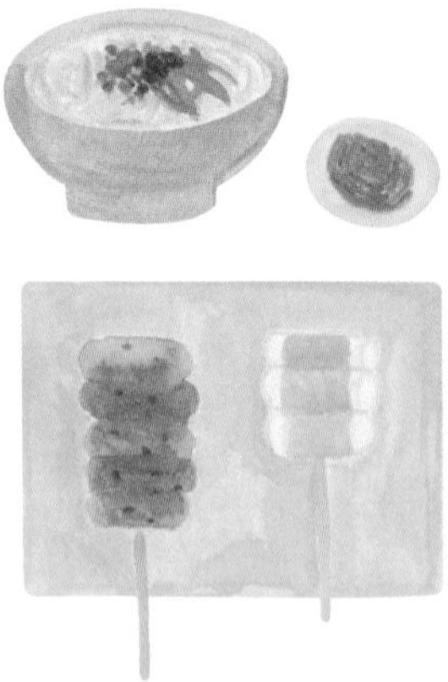

의문을 풀지 못하는 어린이는 더디게 자란다. 자식들이 빨리 크기를 바라는 엄마는 말도 안 되는 '연쇄질문마'의 요구에 응한다. 개미 똥구멍에서 진짜로 신맛이 나냐고 궁금해하면 가장 큰 놈으로 잡아서 똥구멍을 아이의 혓바닥에 대준다. "시다, 셔!" 아이가 개미 똥구멍 맛을 느낄 때 지켜보던 엄마도 마치 탱자를 한 입 먹은 사람처럼 고인 침을 삼킨다.

의문의 레벨은 점점 높아진다. 반딧불이를 잡아서 독서했다는 '형설지공'을 알게 된 어린이는 반딧불이를 잡으러 가다가 집 앞 냇가에 빠져서 운다. 몇 발자국 걷기만 해도 팔다리가 눅눅해지는 한여름 밤, 모기 뜯기며 어린이의 명령을 따르는 게 귀찮은 젊은 아빠는 말한다. 옛날 책은 글자가 커서 반딧불이 불빛으로 읽을 수 있었다고.

"아빠는 어떻게 알았어?"

"크면 다 저절로 아는 것이여."

어린이는 이 말의 뜻을 시간이 더 지난 뒤에 눈치챘다. 어른들이 귀찮아서 둘러댄다는 것을, 어른들도 모르는 게 있다는 것을. 어린이는 적당히 질문하며 자라 여전히 모르는 게 많은 중년의 아주머니가 되었다. 다행스럽게도 인터넷 창을 열고 아무거나 물어볼 수 있는 시대에 닿아 있었다.

'농사를 짓거나 건물을 올리는 것도 아닌데 밥 먹고 나서 꼭 간식을 먹어야 할까요?'

나는 결혼하고 20여 년 넘게 이 문제의 답을 알아내지 못했다. 몸무게만 점점 늘어났다. 머리를 맞대고 난제를 풀어야 할 사람은 어느새 주방에 가 있었다. 강성옥 씨가 지금보다 더 젊고 활력 있던 때는 아점 먹고 바로 간식을 만들었다. 처자식을 짐승처럼 사육했지만 제규는 반에서 가장 작은 땅꼬마(고1 때부터 자기 손으로 밥해 먹고 성장)였다.

강성옥 씨에게 '저녁이 있는 삶'은 없다. 평일은 평일대로, 주말은 주말대로 회의가 잡혀 있거나 모임이 있다. 다행이라면 우리가 사는 도시는 작아서 30분이면 넉

넉하게 집까지 왕복할 수 있다는 것. 짬이 날 때마다 집에 들르는 그의 행동 패턴은 크게 세 가지로 나뉜다. 소파에 눕거나 화장실에 가거나 주방에서 칼도마를 꺼낸다.

지난 일요일 오후의 간식은 소떡소떡. 먼 도시로 강연 갈 때 나는 휴게소에서 밥을 안 먹는다. 차 안에서 노래 두세 곡 들으며 먹는 건 소떡소떡. 자동차로 3~4시간 걸리는 곳은 무급 운전기사 강성옥 씨를 대동한다. 차가 밀려서 소떡소떡을 포기했는데, 화장실에 다녀온 그가 달짝지근한 소스를 바른 이 음식을 내민 적도 있다. 어린아이처럼 좋다는 표현을 격하게 할 수밖에 없었다.

우리 식구가 고속도로 휴게소에서 무조건 사 먹는 간식 중의 하나도 소떡소떡. 이 국민 간식이 나오기 전에는 군산에서 영광 친정에 갈 때 고창 선운사 나들목으로 빠졌다. 지금은 무조건 고창 고인돌 휴게소까지 간다. 생전에 우리에게 잘해주셨던 고모할아버지가 돌아가신 날, 동생 지현과 나는 육개장 국물 한 숟가락조차 뜨지 못했지만, 고속도로 휴게소에서 소떡소떡은 잘도 먹었더랬다.

꺄아! 만능 감탄사를 터트려주는 소떡소떡. 우리 집 식탁에서 특유의 기름 냄새를 풍겼다. 그러나 나는 구경만

하고 다시 방으로 왔다. 1시간 30분 전에 아침 겸 점심을 과식해서 몸이 무거운 상태였다. '크느라고' 오후 2시까지 내리 잔 강썬은 조금 삐쳐 있었다. 강성옥 씨가 '나간 놈 몫은 있어도 자는 놈 몫은 없다'며 비정하게 밥상을 치우고 나가서 그랬다.

소떡소떡은 '소떡'을 먹어야 한다. 꼬치에서 떡이나 소시지를 한 개씩만 빼 먹으면 허전하다. '소떡'을 동시에 먹기 위해서는 갈비 뜯듯이 꼬치를 잡고 옆으로 돌려 베어 물어야 한다. 조심해도 허겁지겁 먹은 것처럼 입가에 양념이 묻는다. 강성옥 씨는 닦으라는 뜻으로 나한테는 턱짓을 하고 강썬 볼에 묻은 거는 자기 엄지손가락으로 닦아서 할머니처럼 입으로 가져가 쪽 빨아먹었다. 사실 강성옥 씨가 만든 거는 '떡소떡소떡'. 짝이 안 맞았다. 내 자랑 같지만, 그 점을 지적하지 않았다.

해 떨어져도 음식을 먹고 싶다는 생각이 안 들었다. 한 끼쯤은 굶고 싶었다. 그런데 칼같이 시간 지켜서 산책하는 칸트인가. 강성옥 씨는 저녁밥 차리러 들어왔다. 안 먹겠다고 할까 봐 가볍게 먹는 음식이라고 우리를 안심시켜주었다.

그는 멸치와 다시마를 넣어 국물을 우리고 애호박과 당

근을 채 썰어서 볶고 달걀지단을 부쳐서 강썬이 좋아하는 잔치국수를 만들었다. 식욕이 동하지 않은 나는 안방 문을 열어놓고 노트북 책상 앞에 앉았다. 정신을 차리고 보니 어느새 식탁에 식구들과 마주 앉아서 젓가락을 들고 있었다.

"제가 할 게 이거밖에 없어요. 돈을 많이 벌어다 주는 것도 아니고, 식구들이랑 시간도 많이 못 보내고요. 그러니까 밥이라도 해야지요."

왜 그렇게 집에 가서 주방 일을 하느냐는 사람들의 호기심에 강성옥 씨는 머쓱하게 대답한 적 있었다.

"(한숨) 먹고살려고 해요. 배지영은 끼니때 닥쳐도, 밥 먹을 생각을 안 해요."

때로는 신세 한탄을 했다. 앓는 소리를 하는 사람치고 끼니 챙기는 일에 지나치게 성실했다. 바빠도 장을 봐 와서 잽싸게 식사 준비를 해놓고 나갔다. 주말에는 안 먹어도 되는 간식을 챙겼다. 농번기에 새참을 먹는 농경사회의 일원으로 자라서 그런 게 아니었다. 처자식과 시간을 보내기 위한 강성옥 씨만의 방식이었다.

10

멸치볶음과 배추나물

출장 가기 전에 준비한 밑반찬

윤슬이 반짝이는 바다. 소년들은 자기만의 방식으로 건널 거라며 바다에 몸을 담가본다. 수온은 깜짝 놀랄 만큼 차갑고 태초의 바다처럼 원시적이다. 평온하게 밀려오던 파도가 갑자기 5층짜리 학교 건물만큼이나 높아 보인다. 급류 속에서도 안전하게 물살을 타는 사람들이 있긴 있다. 그러나 소년들은 두려움을 안고 집으로 돌아간다.

큰아이 제규는 식구들의 저녁밥을 지으며 자기만의 바다를 건넜다. 어린이의 향기로운 냄새가 소멸되고 있는 강썬도 성장의 바다 앞에 섰다. 가장 먼저 식구들에게 퉁명스러워졌다. 왜 학교에 다녀야 하느냐는 근원적인 질문을 던졌다. 왜 게임 시간을 정해놓아야 하냐며 불만을 드러냈다. 즐겨 먹던 음식도 전조 증상 없이 거부했다.

"나 이제 안 먹어."

강썬은 오이고추, 삼겹살, 소갈비, 데친 오징어, 감자탕을 앞에 두고 한 번씩 말했다. 며칠 전에는 식탁에 오른 달달한 배춧잎이 싫다고 선포했다. 왜 '호'에서 '불호'가 되었는지 캐물어 강썬의 심기를 불편하게 만들 수 없는 노릇. 마음이 대체로 말랑말랑한 강성옥 씨는 사다 놓은 상추와 깻잎이 없다며 강썬에게 목살에 쌈장만 찍어서 먹으면 좋겠다고 부탁했다.

겨울 닥치기 전에 가을이 주는 마지막 은혜 통배추. 시가에서 가져온 게 몇 통 더 있었지만 강성옥 씨는 자연드림(생협)에서 야채를 사 왔다. 강썬이 좋아하는 꽁치조림을 하느라 무를 큼지막하게 썰었다. 애매한 크기의 배춧잎에는 양념간장을 버무렸다.

"나 이제 그거 안 먹어."라고 할 만한 반찬이 없는데 강썬은 밥상에서 깨작깨작했다.

꽁치 가시를 발라서 접시에 따로 놔주던 강성옥 씨는 눈으로 나한테 이유를 물었다. 큰 소리로 일러바칠 수 있는 절호의 기회!

"편의점에서 짜장라면하고 체다치즈팝콘하고 콜라 사

먹었대."

자기가 차린 밥이 맛없어서 그런 게 아니라고 안심한 강성옥 씨는 후딱 먹고 식기세척기에 그릇을 집어넣고 일하러 나갔다.

12월마다 강성옥 씨는 몹시 바쁘다. 25년 전에 우리가 결혼할 수 있었던 건 그가 거의 백수여서 가능했다. 강성옥 씨는 한 장 남은 달력의 특정한 날을 가리키며 먹고 싶은 음식과 필요한 뭔가를 알려달라고 했다. 만날 잘 먹고 있고, 집에 들이고 싶은 물건도 없다. 두 사람이 결혼했는데 한 사람만 일방적으로 고민하는 건 맞지 않아서 평범하게 보내고 싶다고 했다. 그래놓고 결혼기념일 닥쳐서 채근한 사람은 나였다.

"강성옥. 뭐 먹을래?"

"강썬 좋아하는 거?"

"국밥(식구 중에서 강썬만 콩나물국밥 좋아함) 먹자고 하면?"

"가야지 뭐."

그리하여 우리는 결혼기념일에 국밥을 먹으러 갔다,는 아니고 돈가스집에 갔다. 위층 사는 시후 지후 형제도 같이. 이 나이에 초등생 세 명을 앞세우고 다니니까 한결 젊어진 것 같았다. 메뉴판을 본 세 아이는 '아무거나'를 주문했다. 우리 부부는 없는 음식이라고 호소한 끝에 세트메뉴(롤치즈돈가스, 우동, 샐러드, 밥)로 시켰다. 지난달까지 호로록 먹는 걸 좋아했던 강썬이 갑자기 "나 이제 우동 안 먹어."라고 태클을 걸었다.

오래 알고 지내서 최소한 서로 지켜야 하는 선을 안다. 아이들에게 나는 밥 먹을 때 스마트폰 못 보게 하는 사람. 음식이 나오자 테이블에 올려놨다. 등이 너무 가려워서 길 가다가 가로등에 등을 긁는 어르신들처럼 아이들은 참지 못하고 한 번씩 스마트폰을 터치했다. 게임하고 싶고, 유튜브 보고 싶고, 자기들끼리 놀고 싶어서 10분 만에 식사를 마쳤다.

집에 온 아이들은 줄넘기한다고 집 앞 공원으로 가고, 우리 부부는 걸어서 서점으로 갔다. 강성옥 씨는 회사 워크숍 끝나고 밤에 직원들과 딱지치기나 신문지 접기 놀이를 할 계획이라고 했다. 그때 쓸 문화상품권을 사비로 많이 사서 나한테도 뚝 떼어 줬다. 필요한 거 없다고 단호하게 나왔던 사람 맞아? 오, 예! 나는 두 손을 들고 펄쩍펄쩍 뛰었다.

2박 3일짜리 출장을 앞둔 강성옥 씨는 집에 오자마자 손을 씻고 텔레비전을 켜고 소분해놓은 멸치 한 봉지를 냉동실에서 꺼내 큰 쟁반에 쏟았다. 드라마 보면서 멸치 손질하는 모습을 사진 찍으려고 다가갔더니 또 저리 가 있으라고 했다. 가정불화가 일어날 만한 언사였다. 하지만 결혼기념일, 밥하면서 더 하얘진 듯한 강성옥 씨의 귀밑머리가 애잔해 보였다.

그는 멸치볶음을 만들었다. 레시피 좀 알려달라니까 멸치볶음에 무슨 레시피가 필요하냐고 오히려 나한테 물었다. 기술 가진 자의 유세에 눌려서 나는 한발 뒤로 물러섰다. 강성옥 씨는 뒤 베란다에 있던 배춧잎을 싹둑싹둑 썰어서 물에 데쳐 배추나물을 무쳤다. 젊었을 때처럼 출장 간다고 장조림, 오이소박이, 가지나물, 진미채볶음, 사골국, 김치찜, 카레 등을 만들지 않아서 다행이었다.

강성옥 씨는 사진 찍기 좋게 새로 만든 반찬을 글라스락에 담아놓았다. 어떻게 그릇에 딱 맞게 음식을 하지? 대단한 자제력이라고 탄복했다. 우리 엄마나 큰시누이는 나물이나 밑반찬도 어마어마하게 만들어서 대용량 김장김치통에 담아서 보내주는데. 음식 할 때 손이 큰 건 전라도 사람들 특유의 유전자. 강성옥 씨가 앞으로도 '물보다 진한

피의 길'로 가지 않게 해달라고 기도했다.

아침에 일어나서 로봇청소기를 싹 돌린 강성옥 씨는 떠났다. 제주도 풍경 사진을 식구 넷이 일상을 공유하는 메시지 단체방에 보내고는 같이 오고 싶다고 했다.

"좋다!!!" 댓글은 나 혼자만 달았다. 아침에 강성옥 씨는 바다 사이로 뜨는 장엄한 일출 사진을 보냈다. 아름다운 풍경 앞에서 혹시라도 밥걱정할까 봐 강썬과 나는 잘 먹고 있다고 했다. 강성옥 씨는 처자식이 보릿고개 시대로 끌려간 것처럼 서글프게 말했다.

"여기서도 밥걱정하고 있어. 강썬 밥은 제대로 먹는지."

"왜 걱정해? 아빠 없다고 굶을까 봐서?"

"엉."

참나. 강썬은 학교에서 똥 마려울까 봐 평일에는 아침밥을 안 먹었다. 그제까지. 아빠 출장 간 날부터 편의점 삼각김밥 먹으며 등교하는 게 진정한 초등학교 6학년의 '형아미'라는 걸 알게 됐다. 나는 뭐 말할 것도 없다. 아침에 자매님이 단호박죽 끓였다며 황송하게도 집 앞까지 가져다줬다.

드라마 「응답하라 1988」에서 치타 여사(라미란)는 친정

갔다가 며칠 만에 돌아왔다. 식구들이 자기 없어도 잘 챙겨 먹어서 서운해지고 말았다. 뒤늦게 엄마 마음을 눈치챈 정환(류준열)은 라면 끓이는 형 정봉의 손을 냄비 뚜껑에 데이게 만들고, 아버지가 가는 연탄불을 일부러 꺼버리고, 자신은 반바지를 못 찾겠다면서 서랍장을 엉망으로 만들어서 엄마를 불렀다. "으이구, 다들 나 없으면 어떻게 살려고 그래?" 그렇게 말하는 치타 여사 표정은 기뻐 보였다.

강썬과 나는 출장 마치고 돌아온 강성옥 씨를 흐뭇하게(?) 해줬다. 거실 바닥에는 적당하게 책과 큐브와 옷가지가 굴러다녔고, 냉장고에는 해놓고 간 반찬이 거의 그대로 있었다. 자신의 부재가 집안에 미친 영향을 파악한 강성옥 씨는 일단 샤워하러 들어갔다. 강썬은 욕실 앞에서 큰 소리로 배고프다 했고 강성옥 씨는 머리를 말리지 않은 채 주방으로 갔다.

11

된장국

제대로 먹지 않아서 탈 났을 때는

집에 남은 자들에게 2박 3일간 밥 안 먹을 자유가 주어진 강성옥 씨의 출장. 강썬은 아침부터 편의점 삼각김밥을 먹었다. 운동 가기 전에는 편의점에서 치킨, 치즈볼, 순살꼬치를 사 먹었다. 밤에는 구운 고기 몇 점을 깻잎에 싸서 먹었다. 나는 자매님이 사다 준 고구마치즈깜빠뉴. 참! 강썬이 밤 9시 넘어서 짜장라면 먹길래 한 젓가락만 먹는다고 해놓고서 조금 더 먹었다.

그다음 날이라고 해서 강썬의 식단이 달라지지는 않았다. 나는 자매님이 끓여다 준 호박죽을 먹고 나서 발효시켜서 만든 스콘을 먹었다. 금요일이니까 저녁에는 기분 내느라 떡볶이와 대왕오징어튀김을 사 왔다. 거실에서 유튜브로 「거침없이 하이킥」을 보면서 먹는데 입안이 헐어 아팠다. 떡볶이가 맵게 느껴졌고 오징어튀김의 바삭함이 약간 거슬렸다. 그래도 남기지 않고 싹 먹었다.

1년에 한두 번 정도 비슷한 꿈을 꾼다. 전남 영광은 굴비로 유명하지만, 내가 자란 곳은 버스가 하루에 두세 번 다니는 산골이었다. 마을 전체를 산이 감싸고 있어서 너른 들판은 없었다. 한 필지라고 하는 600평짜리 논은 당연히 없었다. 우리 집 앞에는 200평도 안 되는 논이 층층으로 있었다. 가을에는 어른들이 낫으로 직접 벼를 베고는 낟가리를 쌓아뒀다.

어느 해는 추수 끝나고 경지 정리를 했다. 생전 처음 보는 포클레인이 들어와서 논을 깊게 파헤쳤다. 농기계로 농사짓기 쉽게 평수를 넓히는 작업이었다. 나락이 자라던 무논 속에 그토록 깊은 낭떠러지가 있었다니. 어린 마음에 너무나도 강렬하게 다가왔나 보다. 그 후로 깊게 파놓은 논에서 떨어지는 꿈을 꾸면 꼭 열이 났고 식음을 전폐할 정도로 아팠다.

나는 자주 앓는 어린이였다. 아직 20대였고 서로 다정하지 않았던 엄마 아빠는 침착했다. 아빠는 펄펄 끓는 나를 자전거 뒷자리에 태웠고, 엄마는 내 등을 받치면서 달렸다. 대개 밤중이었고, 마을을 비추는 건 별빛과 달빛뿐이었다. 희미한 가로등 빛이 있는 면소재지(집에서 6.5킬로미터)가 보이면 엄마는 먼저 달려가서 병원 대문을 두드렸다. 아빠는 한 손으로 내 등을 잡고는 자전거 페달을 밟았다.

집으로 돌아온 엄마는 약 먹이기 전에 아궁이에 불을 때서 새 밥을 하고 멸치 육수를 내서 된장국을 끓였다. "근력이 없으면 위가 약해지는 거여." 국에 만 밥이 싫다며 고개 젓는 딸에게 엄마는 국물이라도 먹이려고 애썼다. 나는 슴슴한 국물을 받아먹었고 하루 이틀 지나서는 누룽지 냄새를 맡고 일어나 앉았다. 엄마는 영양이 부족하다며 아침저녁으로 병에 든 베지밀을 먹였다.

밖에 나가 있는 강성옥 씨는 끼니때만 전화한다. 뭐에다 먹었냐고 구체적으로 물어봐서 맛있게 먹었다고 뭉뚱그려 대답한다. 이틀간 밥은 거의 안 먹었는데 이실직고하지 않았다. 그런데 금요일 밤, 나는 오랜만에 옛날 우리 시골의 경지 정리한 논에 서 있었다. 포클레인이 파헤쳐놓은 낭떠러지에서 계속 떨어지는 꿈을 꿨다.

토요일 아침. 배지현 자매님이 또 호박죽을 쒀서 가져다주었다. 맛있게 먹었는데 골치가 너무 아팠다. 아무것도 할 수 없어서 침대에 누웠다가 일어나서 토하고 다시 누웠다. 제주에서 아침 비행기를 타고 강성옥 씨가 돌아왔을 때는 환영 인사만 건넸다. 집 풀면서 하는 얘기 들어줘야 했는데.

강성옥 씨가 차려준 점심을 목구멍으로 삼킬 수 없었다. 움직이지 못하면 식구들한테 짐이 된다. 그게 너무 무섭다. 씻으면 몸이 가벼워질 것 같아서 샤워했지만 몸 상태는 전혀 달라지지 않았다. 강성옥 씨가 소화제를 찾아주고는 손을 주물러줬다. 좀 나아진 것 같은데 머리 아픈 게 가시지 않았다. 젖은 머리도 안 말리고 잠들었다가 캄캄할 때 일어났다.

"강성옥."

"뭐 먹을래?"

"된장국 좀 끓여줘."

건더기는 그대로 놔두고 국물만 조금 떠먹었다. 수십 년 전에 엄마가 한 말은 여전히 효과 있었다. 그거라도 들어가니까 괜찮아진 것 같았다. 강성옥 씨 표 된장국은 엄마가 끓여주던 거랑 다르게 대패목살이나 차돌박이가 들어가지만 군말 않고 천천히 먹었다. 속이 풀리니까 토할 것 같은 울렁거림도 가라앉았다. 건강하게 챙겨 먹고 주말에 적당히 쉬는 사람들처럼, 나는 넷플릭스 드라마 「지옥」을 봤다.

일요일 아침. 강성옥 씨는 만두를 구웠다. 나는 한 개를 집어 들고 오물오물 공들여 씹었다. 속이 다시 메슥거렸지만 티 내지 않았다. 그러지 말았어야 했다. 고래고래 표현해야 했다. 그걸 모르는 강성옥 씨는 이틀 동안 처자식이 못 먹고 지낸 것만 염두에 두고 있었다. 강썬이 좋아하는 목살을 굽고 된장찌개를 새로 끓이고, 내가 좋아하는 월남쌈을 했다. 맙소사! 국물 우려내서 샤브샤브까지 차렸다.

나는 어릴 때 소를 좋아했고 소하고 같은 수준으로 풀을 먹을 수 있는 사람이다. 속이 편안할 때만. 날것 그대로인 월남쌈은 도저히 못 먹을 것 같았다. 먹은 것도 없는데 목구멍 위로 기분 나쁜 뭔가가 치받쳐 올라왔다. 이에 맞서기 위해 뜨거운 된장찌개 국물을 먹었다. 샤브샤브에 익힌 배추를 보란 듯이 건져 먹었다. 속이 뒤집힐 것 같았다.

먹고 토하느냐, 안 먹고 안 토하느냐. 나는 후자를 택했다. 강성옥 씨가 애써 음식 준비했으니까 자리에서 일어나지는 않았다. 눈치 따위 살피지 않는 강썬은 배부르다며 조금만 먹고 가버렸다. 강썬이 심취해 있는 채널에서 웃음 소리가 끊임없이 들렸다. 아이는 참지 않고 거실을 뒹굴며 '으하하하' 웃었다. 나는 더 버티지 않고 실토했다.

"미안. 못 먹겠어. 괜찮을 줄 알았는데 속이 안 좋아."

"언제는 많이 먹었어?"

아, 정말! 엄마가 그렇게 말했으면 대들고 난리 쳤을 거다. 엄마 때문에 이렇게 대식가 되고 살찌고 '못낸이' 됐다면서.

강성옥 씨는 수산리 아버지 어머니의 귀한 아들. 출장 갔다 와서 쉬지도 못하고 밥하고 치우고 밥하고 치우고. 아프다고 징징거리면 가관일 것 같아서 나는 샤워부터 했다. 집 안에서 천천히 걸어 다니며 속을 다스렸다.

밥하는 기술을 가진 사람들은 아프면 어떡했더라. 솔직하게 지현은 바깥에서 사 온 떡갈비, 피자, 치킨 등이 좋다고 했다. 남이 해준 음식을 먹으면서 기력을 끌어올린 다음에 말짱한 사람처럼 제부 밥을 차렸다. 제규는 조금 아프면 햄버거를 찾았다. 코뼈가 부러져서 전신마취하고 수술한 날은 피자와 치킨을 먹고 싶어 했다.

"강성옥. 우리 집에 누룽지 있어?"

오후 5시쯤에야 진짜 허기가 느껴졌다. 누룽지 국물이 들어가니까 속이 따뜻하고 편안했다. 강성옥 씨는 샤브샤브와 월남쌈 남은 재료로 볶음 요리를 만들어 먹었다.

강썬으로 말할 것 같으면, 목요일과 금요일은 편의점 음식에 분식, 토요일 저녁은 뿌링클 치킨, 일요일 저녁은 햄버거를 주문해 먹고도 너무나 건강했다. 옛말에 찬바람 나면 어르신들 아프다고 하던데, 이로써 우리 집 어르신은 나로 정해졌다.

12

미역국、시금치나물、그리고 샌드위치
내 생의 눈물 버튼

"엄마! 나한테 관심 좀 가!져!"

강썬이 한 문장에 느낌표 세 개를 넣어서 말했다. 비상사태라는 것을 직감했다. 열세 살 어린이들은 한 명도 빠짐없이 다 맞았다는 뇌염예방주사를 자기 혼자만 접종 안 했다고 했다. 독감예방주사도 때 놓치면 안 되는데 도대체 엄마는 뭐 하느냐고 다그쳤다. 코로나백신접종은 예약할 생각이 있느냐고 문책했다.

나는 '강썬 님 예방주사 TF'팀을 꾸려서 팀장과 실무자1을 맡았다. 코로나3차부스터샷을 맞는 사람들이 부쩍 늘어서 백신접종은 가장 가까운 날로 예약해도 2주 뒤였다. 한 가지라도 빨리 맞으려고 동네 소아과로 갔다. 간호사 선생님이 조회해보고 강썬은 뇌염예방주사를 이미 접종했단다. 태어나서 맞아야 할 주사 중에 빠진 건 한 가지, 파상풍예방주사뿐이었다.

토요일 오전, 강썬은 독감과 파상풍예방주사를 동시 접종했다. '강썬 님 예방주사 TF'팀장으로서의 직무는 끝났지만 엄마니까 더 바라는 게 있냐고 물었다. 밥 먹은 지 얼마 안 됐지만 햄버거 먹고 싶대서 강썬이 가지고 다니는 체크카드에 돈을 보내줬다. 병원 앞에서 헤어질 때만 해도 아이에게는 아무런 이상 증상이 없었다.

작업실에서 일하고 몇 시간 만에 퇴근했더니 주방 쪽이 반짝반짝 빛났다. 전날 밤부터 쌓인 컵들과 아침에 과일 깎아 먹은 접시와 포크들을 싹 설거지해놓은 거다. 밥 뜸 들일 때 행주로 닦는 가마솥 뚜껑처럼, 가스레인지에는 좔좔 윤기가 돌았다. 분명히 유튜브 보면서 햄버거를 먹었을 텐데. 어라? 거실 테이블과 바닥도 흠잡을 데가 없었다.

주사 부작용일까. 독감은 대상포진, 폐렴, 자궁경부암, 파상풍 등과 동시 접종할 수 있는데 왜? 거실 바닥에서 굴러다녀야 할 강썬의 외출복마저 정갈하게 개켜져 있었다. 학계에 보고되지 않은 새로운 부작용이 분명했다. 강썬은 수시로 주방과 거실을 오가면서 자기가 설거지했는데 왜 또 씻어야 할 컵과 접시가 쌓였느냐고 참견했다. 참나, 36시간이 지나도록 내내 그러고 다녔다.

난 그때 줄리언 반스의 소설 『예감은 틀리지 않는다』의 제목을 떠올렸다. '왜 슬픈 예감은 틀린 적이 없나'라는 노래도 머릿속에서 재생됐다. 강썬이 살아온 인생을 들여다보자면, 코로나백신접종 후에 '강력한 부작용'이 나타날 것 같았다. 예측할 수 없어서 몸이 떨렸다.

어떻게 이렇게 특이한 일이 벌어졌을까. 코로나백신1차 접종은 이틀 전부터 부작용이 발생했다. 강썬은 태어나 처음으로 콕 집어서 나한테 책을 사오라고 했다. 생뚱맞은 미스터리를 풀려고 하지 않고 명을 따랐다. 『동희의 오늘』을 사서 퇴근했고 피곤하니까 두 챕터만 읽겠다고 미리 밝혔지만.

"엄마! 더 읽어줘라."

다섯 챕터까지 읽어줬다.

"여기서 그만 읽으면 궁금해서 잠 오겠어? 엄마 같으면 그럴 수 있어?"

그리하여 3시간에 걸쳐서, 끝까지, 읽어줬다. 잘 자라고 인사하는 내 목소리가 나이트클럽에서 새벽 4시까지 놀았던 스물두 살 때처럼 갈라져 있었다. 백신접종 하루 전에 강썬은 즐겨 하는 줄넘기도 하지 않고 무려 세 달간 수련 중인 러시아 격투기 삼보 체육관에도 가지 않았다. 소파에 누워서 움직이지 않고 게임 유튜브를 시청했다.

코로나백신접종한 날은 대단했다. 열도 안 나고 팔에 근육통도 없었지만 먹고 싶은 배달 음식 리스트를 다양하게 읊었다. 원하는 대로 시켜줬다. 흡족한 강썬은 잠자는 시간까지 아껴서 무제한으로 스마트폰 게임을 했다. 다음 날도 전날과 거의 똑같았다. 학교 안 가도 되니까 먹고 게임하고 유튜브 시청하는 걸 무한 반복했다.

들려오는 소문은 암담했다. 6학년 어떤 아이는 '백신 부작용' 덕분에 무려 일주일 동안 자유롭게 게임을 즐겼단다. 강썬을 일상으로 돌아가게 해준 건 플리 마켓. 한 개에 5~6만 원씩 주고 산 큐브를 단돈 100원에 팔기 위해 등교했다. 나한테는 세 개만 내놓았다고 하는데, 하도 많아서 어떤 큐브가 없어졌는지 모르겠다.

강썬의 백신 후유증을 나 혼자서만 받아냈다. 사회복무 마치고 긴 여행에서 돌아온 제규는 동생을 전혀 의식하지 않았다. 강성옥 씨는 장 봐 온 시금치가 냉장고에서 시드는 것만 신경 쓰는 것 같았다. 출근을 서둘러야 할 금요일 아침에 냄비에 물을 올려서 끓였다. 시금치를 파릇파릇하게 데쳐서 무쳤다. 향긋하고 고소한 냄새가 식탁 쪽에 가득했다. 강썬의 발밑에 바짝 엎드려 살아온 지난 닷새를 잊을 만큼 좋았다.

강성옥 씨는 소분해놓은 국거리용 소고기를 작은 냄비에 끓였다. 그는 미역국이나 소고기뭇국을 끓일 때는 냄비 두 개를 사용한다. 작은 냄비에 소고기를 미리 끓이면서 불순물을 걷어낸다. 어느 정도 끓고 나면 큰 냄비에 고깃국물을 넣고 다른 재료와 같이 끓인다. 국물이 잘 우러난 미역국은 먹기 전부터 배 속을 따뜻하게 만들어주는 플라시보 효과가 있다.

강성옥 씨는 냉장고에서 전날 퇴근하면서 들고 온 샌드위치를 꺼내줬다. 정갈하게 밥상을 차릴 시간은 없었다. 그는 안방으로 가서 재빨리 옷을 갈아입더니 다시 주방으로 와서 접시를 꺼내 샌드위치 두 개를 세팅했다. "먹어!" 내 얼굴은 보지도 않고 현관으로 달려가 신발을 신으면서 말했다.

울컥했다. 강썬 임신했을 때 조산으로 대학병원에 두 달 넘게 입원해 있었다. 임신성 당뇨에 임신성 혈소판 감소증에 임신성 빈혈. 이러저러한 문제가 더 있어서 물도 마음껏 마실 수 없었다. 그때 내가 먹고 싶었던 건 샌드위치. 식전 당뇨 검사를 해야 하니까 강성옥 씨가 사다 준 샌드위치와 애틋하게 하룻밤을 지냈다. 새벽 검사 결과는 최악! 샌드위치 한 조각을 먹고 싶었던 임산부는 뒤집어쓴 이불 한 쪽이 젖도록 통곡했다.

36주 만에 태어난 강썬은 몇 가지 수치가 정상에 못 미쳤다. 하지만 신체의 모든 기관 중 가장 늦게 완성된다는 폐로 자가 호흡하는 아기였다. 두 달 넘게 누워서만 지낸 나도 물론 칭찬받을 만했다. 큰시누이는 날마다 새로 끓인 미역국에 나물을 무쳐서 강성옥 씨 편에 보냈다. 나는 미역국에 시금치, 그리고 강성옥 씨가 사 온 샌드위치를 먹었다.

느닷없이 마주친 그 음식들은 강썬 낳고 감격했던 순간으로 나를 데리고 갔다. 그때는 강썬을 보며 대단한 아기라고 칭송했는데. 집으로 돌아와서는 자다가도 일어나서 아기 코에 검지손가락을 대봤는데. 아기 숨결을 느낄 수 있다는 게 미치도록 행복했는데. 누워서 울기만 하는 모습도 한없이 자랑스러웠는데.

천천히 먹으면서 나는 다짐했다. 적절한 시기마다 예방주사를 맞을 수 있는 어린이는 가정의 보배. 코로나백신

2차접종 때는 닷새 전부터 강썬의 발아래 엎드려 머리를 조아릴 거다. 한자리에서 책을 10시간씩 읽어주고 배달 음식은 100가지 시켜달라고 해도 기쁘게 임무를 수행하고 말 거다. 내 결심이 무너지지 않게 강성옥 씨는 미역국, 시금치나물, 그리고 샌드위치를 준비할 것.

13

떡볶이

힘들었다는 말 속에 숨은 뜻

"나 오늘 너무 힘들었어. 아무것도 먹기 싫어."

내가 하는 말의 중의성을 고등학생 때부터 알아들었던 큰아이 제규. 당면이 듬뿍 들어간 김말이튀김과 떡볶이를 하곤 했다. 고심해서 고른 접시에 라이스페이퍼까지 튀겨 플레이팅을 했다. 봄에는 냉이 넣은 떡볶이를 만들었다. 젓가락을 든 채로 냉이 향이 스민 떡볶이와 마주 앉으면 세상만사 모든 근심을 잊을 수 있었다.

내 이중성을 산산조각 낸 음식도 떡볶이였다. 나는 집에서 먹는 모든 야식을 반대해왔던 '빌런'. 성장기에 접어든 아이들이 삐쳐도 소용없었다. 의견 표명을 하지 않던 강성옥 씨는 밤 12시 4분 전에 떡볶이를 만들었다. 옆구리살이 잡히고 다음 날 속을 부대끼게 만드는 악마의 요리. 꼴깍! 군침을 삼키며 떡볶이에 달려들던 나는 '오늘만 사는' 사람 같았다. 그날부터 야식 금지는 해제되었다.

강썬에게는 중의법이 안 통했다. 퇴근해서 소파에 털썩 주저앉아 엄살을 부리면, 안 힘든 사람이 어디 있냐고 대꾸했다. 자기는 학교에서 수학 재시험을 보고, 피구 하다가 공에 맞아서 코피 나고, 청소하다가 방과 후 수업 늦어서 선생님한테 야단맞았다고 했다. 자신의 고난과 인내를 내세우면서 나를 군말하지 않는 성숙한 어머니로 이끌어 주었다.

삶의 이치를 아는 듯한 강썬은 내 아이디로 접속해서 몇만 원 주고 산, 케이스까지 완벽한 큐브를 전문 중고사이트에다가 달랑 2천 원에 내놓았다. 강성옥 씨는 그렇게 싸게 팔 거면 아는 사람한테 그냥 주는 게 좋겠다고 권유했다. 구매하겠다는 사람과 이미 문자를 주고받은 강썬은 약속을 못 지키면 어떡하느냐고 엉엉 울었다.

그사이에 우리 집에서 180킬로미터 떨어진 도시에 사는 어떤 소년은 앞이 안 보일 정도로 눈 오는 밤에 은행의 현금 자동 입출금기로 갔다. 모바일 뱅킹을 할 수 없는 그 소년은 큐브 가격과 택배비를 계좌이체 했다. 강썬은 입금된

2천 원에 자기 용돈 1천 원을 보태서 떡볶이를 사 왔다. 마치 은혜를 베푸는 사람처럼 으스댔다.

"내가 먹고 싶어서 산 거야. 엄마도 먹으려면 먹어."

냉동실에 아무 음식이나 무턱대고 집어넣는 걸 싫어하는 강성옥 씨는 떡볶이용 떡 종류에는 관용을 베풀었다. 우리 집 냉동실에는 소분해놓은 떡이 항상 있다. 냉동실에서 꺼내놓은 네모난 하얀 덩어리가 주방 창에 나와 있으면 기대하는 게 인지상정. 살찌니까 덜 먹겠다는 다짐을 하느라 내 마음속은 바빴다.

일요일 아점. 분명히 아침에 물 마시면서 자연해동시키고 있는 가래떡을 봤는데 평범한 밥상이 차려져 있었다. 두부김치, 목살구이(강썬이 좋아함), 전날 샤브샤브 해 먹고 남은 재료로 만든 소고기볶음, 그리고 치즈김치볶음밥. 강썬은 투정을 했다.

"나는 그냥 밥으로 줘."

그럴수록 나는 주는 대로 감사하게 먹는 사람 역할에 몰입했다.

"모여라!"

오후 3시, 강성옥 씨가 자신 있게 식구들을 식탁으로 불러들였다. 그렇게 출출하지는 않지만 어떤 음식이냐에 따라서 맛있게 먹을 수 있는 시간이었다. "꺄아!" 무려 두 가지 버전의 떡볶이 앞에서 나는 평소에 갈고 닦아놓은 만능 감탄사를 터트렸다. 평정심 따위는 간단하게 날려버리는 음식이었다.

가래떡으로 만든 굵은 떡볶이 두 개를 젓가락으로 찍었다. 떡볶이 양념이 잘 밴 짜리몽땅한 떡 두 개를 한입에 욱여넣었다. 다른 한 손은 이미 떡국 떡으로 만든 케첩 떡볶이 접시 위에 있었다. 치즈가 듬뿍 녹은, 가늘게 썰어서 가냘퍼 보이는 떡을 한 개 집어서 들어 올렸다. 맛이 섞이지 않도록 먹고 있던 떡볶이를 잘 씹어 삼킨 다음 물 한 모금을 마셨다.

"달걀노른자 색깔이 선명하지가 않네."

강성옥 씨는 자신에게만 몹시 중요한 문제를 얘기했다. 맛있다고, 식구들이 달걀노른자 색깔 신경 안 쓴다고 해도 걸리는 모양이었다. 나는 이유를 알고 있었다. 너무 오래 삶아서 그런 거다. 먹어봐서 안다. 제규는 노른자 색깔이 선명한 반숙란을 만들어서 국수나 떡볶이에 얹었다. 직접 해보려고 마음먹은 적도 없는데 어째서 나는 영화의 명대사처럼 기억하고 있는 걸까.

"엄마, 반숙란이 더 맛있어요. 식감도 좋고요. 끓는 물에 7분 30초. 그다음에 삶은 달걀을 찬물에 헹구기만 하면 돼요."

떡볶이에서 삶은 달걀은 드라마 주인공의 친구의 친구쯤 된다. 절대 존재가 아니니까 나는 보란 듯이 떡볶이 국물에 달걀을 적셨다. 정체성을 버리고 빨갛게 물든 흰자와 노른자를 한꺼번에 먹었다. 그러고는 어슷썰기한 파를 골라 먹었다. 퍽퍽하지 않고 달짝지근했다. 다시 쫀득한 떡볶이 두 개를 집어 들었다.

입이라는 건 식사할 때와 게임이 잘 안 될 때 탄식하는 용도로 쓰려는 강썬은 별말 안 했다. 치즈가 많이 들어간 케첩 떡볶이를 먹고 나서 목소리를 들려줬다. 게임 방송 봐도 되냐는 질문이었다. "그래." 일요일 오후의 평화를 위해서 강성옥 씨는 신속한 판단을 내렸다. "강썬, 식탁에서 무슨 유튜브야!" 나는 버럭 소리 질렀다. 물론 속으로만.

강성옥 씨는 2주일에 한 번꼴로 떡볶이를 해준다. 먹으면서 점점 기분이 좋아지는 나는 떡볶이에 대해 떠들고 싶어진다. 최초로 사 먹었던 철판 떡볶이는 200원. 떡볶이에 상추튀김을 곁들여 먹은 건 고등학생 때부터. 다 컸다고 술 마시고는 친구들이 포장마차에서 잔치국수 주문할 때 나는 떡볶이. 가장 친했던 친구 수정이는 광주의 유명한 가게에서 즉석 떡볶이를 먹다가 내 전화를 받았다.

"오메! 장한 거. 나는 떡볶이나 먹고 있는디, 지영이 너는 애기 낳았다이."

침이 고였다. 떡볶이 가게의 습기와 냄새가 친구 목소리와 같이 전화선을 타고 날아왔다. 멜라민 접시에 비닐 씌워서 파는 떡볶이라도 먹고 싶었다. 하지만 산모가 떡볶이를 먹으면 신생아는 매운맛 모유를 먹게 된다는 걸 책으로 읽어서 알고 있었다. 모성은 떡볶이를 간단하게 무찔렀다. 나는 산후조리 마치고서야 강성옥 씨가 해준 맵지 않은 떡볶이를 먹었다. 그 후로 셀 수 없을 정도로 꾸준히 먹고 중년에 이르렀다.

요새는 체인점 떡볶이 가게를 지나서 출퇴근한다. 유명한 먹방 유튜버 얼굴을 넣어 홍보하는 가게에 들어가서 주문한 날도 있다. "세상 맛없는 음식이 밖에서 사 먹는 거여." 냄비와 중국집 웍을 합친 것 같은 커다란 코팅 솥에 당면을 가득 넣어서 떡볶이를 해주던 엄마 말이 맞았다. 그때 우리 집 4남매는 접시에 덜지 않고 솥에 머리를 박고서 떡볶이를 먹었는데.

우리 아이들도 아빠가 해준 음식을 기억할까. 둘러앉아 먹던 분위기까지 되살릴 수 있으면 좋겠다. 그러기 위해서라도 서로 바짝 붙어서 먹어야 한다. 문제는 사춘기 소년, 추억의 씨를 뿌려야 할 식탁에 스마트폰을 올려놓는다. 나는 중학교 들어가는 아이와 맞짱 한번 떠보고 싶다. 질 수밖에 없지만 한 번은 결연하게 맞서고 싶다.

"강썬아, 떡볶이 먹을 때는 유튜브 꺼라."

14

잡채

백반집에서는 사이드、
우리 집에서는 센터

잡채는 시대의 흐름을 읽을 줄 아는 영리한 음식이다. 조선 팔도에서 올라온 진미로 만든 궁중 요리였고 회갑 잔치나 사법 고시 합격 같은 경사에만 먹을 수 있는 귀한 음식이었지만, 동네 백반집의 사이드 메뉴로 변신했다. 과감하게 '센터 본능'을 버리고 팔이 짧은 아기들도 집어 먹을 수 있게 밥상의 언저리로 자리를 옮겼다.

"왕년에 내가, 어! 귀한 자리에만 갔는데, 어!"

우리 집에서 잡채는 강성옥 씨 덕분에 허세를 부릴 수 있다. 미역국이나 케이크처럼 여전히 식구들 생일 때 빠지지 않는 축하 음식이다. 지금보다 활력이 넘치던 시절에 강성옥 씨는 밥 먹으러 오라며 사람들에게 연락했다. 내 생일에는 먼 도시에 사는 친구들이 찾아와서 하룻밤을 보내며 먹고 또 먹었다. 내가 마라톤 하프 코스를 완주한 날에 강성옥 씨는 아마추어 마라토너 몇 명을 즉흥적으로 초대했다.

시골 아이들은 마을에서 열리는 잔치 음식을 보고 자란다. 기본으로 차리는 것은 고깃국, 갖가지 전, 잡채, 과일, 떡이다. 두세 시간 만에 혼자 힘으로 음식을 준비해야 하는 강성옥 씨는 옆 단지에 사는 처제 배지현을 불렀다. 시아버지 칠순 잔치를 혼자 준비해봤던 경력자가 도착했을 때 강성옥 씨는 마지막 음식을 하고 있었다.

"우리 엄마 잡채에는 고기하고 당근, 시금치, 양파가 들어가잖아. 형부는 달걀을 흰자 노른자 분리해서 지단을 부치더라. 그걸 잡채에 올리니까 너무 예쁜 거야. 느끼하지 않고 간도 딱 맞고 진짜 맛있었어. 언니 너는 요리를 안 해서 모르겠지만 잡채는 김밥하고 똑같아. 손이 많이 가니까 진짜 하기 싫은데, 그만큼 또 맛있어. 엄청 많이 먹을 수도 있고. 하여튼, 나는 형부한테 잡채를 배운 거야."

그날은 반환점을 돌고 나니까 한두 방울씩 비가 내렸다. 피니시 라인에 도착했을 때는 다들 흠뻑 젖어 있었다. 옷을 갈아입지 못한 마라토너들의 몸에서는 인간의 원초적인 냄새들이 활약했다. 툭 터진 공간에 있을 때는 티가 덜 났다. 우리 집 현관에 들어서자마자 꾸리꾸리한 냄새가 굴뚝 연기처럼 거실로 퍼지는 게 보일 지경이었다. 엄마 왔다며 좋아서 펄쩍펄쩍 뛰던 꼬마 제규는 코를 막고 도망가 버렸다.

아마추어 마라토너들은 진공청소기처럼 닥치는 대로 흡입하는 중고등학교 남학생들 같았다. 뜨거운 국물 요리를 한 술 뜨고 꼬치전을 몇 개 먹은 뒤에 봉긋 솟아 있는 잡채를 초토화시켰다. 커다란 접시 바닥에는 당근과 버섯만 조금 남았다. 강성옥 씨는 예고편을 본 사람처럼 커다란 양푼을 들고 서 있다가 잡채를 덜어주었다.

"우아! 정말 맛있네요. 레시피 좀 알려주세요."

악천후 속에서 기록 단축에 성공한 마라토너가 강성옥 씨한테 물었다.

"(웃음) 없어요. 그냥 한 거예요."

잡채는 한식조리기능사 실기 시험 메뉴 중 하나다. 진로체험하는 중고등학생들이 요리 학원에서 흔히 만들어보는 메뉴이기도 하다. 선생님은 갖가지 채소를 어느 정도 다듬고 채 썰어놓는다. 학생들은 서너 명씩 조를 이루어서 선생님이 하는 대로 양념을 만들고 채소와 고기를 따로 볶는다. 선생님의 잡채는 단정하고 먹음직스럽다. 학생들의 당면은 지나치게 미끌미끌거리고 어우러지지 못한 채소들은 고독하게 따로 논다.

제규도 최초의 잡채를 요리 학원에서 만들어봤다. 여러 명의 손을 거치니까 엉망진창이었다고 한다. 빨리 집에 가서 혼자 만들어보고 싶었던 아이는 체험이 끝나자 싹 잊고 피시방으로 갔다. 주말을 보내고 나서야 물을 펄펄 끓여서 당면을 데치고 아빠가 하는 것처럼 황지단과 백지단을 부쳤다. 당근과 양파는 채 썰어서 볶고, 시금치는 데쳐서 무쳤다. 간장 2, 설탕 1, 마늘, 다진 파, 깨, 참기름을 넣어서 양념장을 만들었다.

양념장은 한꺼번에 쓰지 않고 종이컵 4개에 나눠 담았다. 고기 볶을 때 종이컵 양념장 1개, 데친 당면에는 2개를 사용했다. 당면에 양념장 색깔이 스미면 돼지고기를 넣고 볶았다. 채 썰어놓은 갖가지 야채를 팬에 볶다 보면 물기가 생겼다. 그때 남은 종이컵 양념장 1개를 마저 썼다. 미리 만들어놓은 시금치나물과 참기름을 넣고 버무리면 끝. 커다란 접시 위에 잡채를 보기 좋게 덜고 깨를 뿌렸다.

52년 전이었나. 아가씨였던 우리 엄마도 요리 학원에서 잡채를 배웠다. 요즘처럼 시설을 잘 갖춘 학원은 아니었다. 출장 요리사가 마을에 셋집을 얻어서 한두 달짜리 단기 과정 학원을 차리면 스무 살이 안 된 동네 처녀들과 대소사 많은 집의 아주머니들이 음식을 배웠다. 곶감탕, 유과, 약과, 갈비, 잡채 등을 그 시대 흐름에 맞게 습득했다.

"먹을 것이 귀한 시대였제. 잡채는 여러 가지 재료가 들어가니까 잔치 때나 먹는 음식이었다이. 나는 끓는 물에 당면을 넣고 식용유를 한 방울 쳐. 간장도 조금 붓고. 그래갖고는 데쳐내. 야채? 당근이나 양파 같은 것을 준비해서 볶아가지고 당면이랑 섞어. 진짜로 사람들이 다 내 음식을 맛있다고 좋아했씨야. (웃음) 엄마가 요리 학원 출신이잖아."

그러나 강성옥 씨는 잡채 별거 없다고, 아무것도 아니라고, 집에서 하는 음식에 레시피가 어디 있냐고 대꾸한다. 여유 있는 일요일 오전에는 불시에 메뉴를 잡채로 정하고 냉장고를 연 채로 냄비 밥 뜸 들이듯 보고 있다. 장 보러 가지 않고도 뚝딱 만들어내는 비법은 재료에 얽매이지 않는 것. 있는 채소를 쓰고 고기 없으면 어묵이라도 볶는다.

당면 1킬로그램 포장은 40인분. 강성옥 씨는 양을 가늠

하지 않고 큰 손으로 당면을 집어 물에 담가서 불린다. 야채는 일일이 손질해 양념해서 볶을 건 볶고, 무칠 건 무친다. 늘 해왔던 대로 강성옥 씨는 양념장을 정확하게 계량하지 않는다. 조리해놓은 음식을 한 번에 섞어서 버무린다. 노른자와 흰자를 분리해서 부친 달걀지단으로 플레이팅 한다.

집밥의 좋은 점은 완벽하게 차려낼 때까지 기다리지 않아도 된다는 것. 따뜻할 때 먹으라며 강성옥 씨는 잡채 한 접시를 먼저 덜어준다. 됐다고, 먼저 먹으라고 해도 강썬은 꼭 자기 입에 넣기 전에 아빠한테 먹여준다. 그러고 나서 식탁 쪽으로 몸을 끌어당겨 앉아 먹는다. 사춘기라고 해도 강썬은 말할 줄 아는 '예쁜 강아지', 맛있다는 말을 몇 번 하고 젓가락을 놓는다.

강성옥 씨의 다음 액션을 알고 있는 나는 먹는 속도를 조절한다. 강썬이 유튜브 본다며 거실로 가버려도 젓가락을 든 채로 앉아 있다. 강성옥 씨는 나물 무치는 커다란 양푼을 가지고 온다. "나는 잔칫상 센터에 오르는 음식이야." 시대를 읽지 못하는 강성옥 씨의 잡채는 으스대며 쫀득쫀득하게 작은 산처럼 솟아 있다.

고지전을 무사히 치른 나는 커피를 마시기 위해 일어선

다. 헉! 조리대에는 잡채 만들고 남은 시금치나물, 채 썰어서 볶은 당근 등이 '계획적으로' 존재하고 있다. 강성옥 씨는 다시 달걀을 부치고 햄을 구워서 김밥을 싸고 무수비를 만든다. 완식의 임무를 수행해야 할 강썬은 자기 방으로 도망친다. "언제 다 먹냐고요?" 내가 혼잣말하는 시간은 대개 오전 11시 반쯤이다.

잡채는 김밥처럼 1인분이 통용되지 않는다. 끈질기게 다 먹을 수 있는 마법의 음식이다. 그래서 나도 잡채만큼은 내 손으로 만들어야겠다는 야망에 사로잡힌 적 있었다. 강성옥 씨는 레시피를 읽고서 이해 못하는 나한테 몰라도 된다며 차근차근 과정을 보여줬다. 잡채는 여러 가지 음식을 한꺼번에 해내는 종합예술 격인 요리였다. 나는 재빨리 포기하고 '주는 대로 먹는 사람'의 길을 선택했다.

소시지야채볶음

신경 쓰지 않은 음식 덕분에 모인 식구들

15

5일간의 명절 연휴. 우리 식구들의 생체 시계는 자동으로 재설정되었다. 엄마 아빠보다 더 늦게 잠자리에 드는 타이머를 선택한 강썬은 자정 넘어서 보란 듯이 멀티태스킹을 했다. 스마트폰 게임을 하면서 노트북으로 유머 콘텐츠를 봤다. 아빠가 자러 가면 텔레비전까지 차지할 속셈이길래 엄마로서 위풍당당하게 말했다.

"강썬아, 그만 자야지."

"벌써? 할 거 있어서 안 돼."

"키 안 큰다고."

"엄마! 일찍 자도 소용없어. 형아도 고등학교 들어가서 컸잖아. 나도 친구 중에서 제일 작아. 어차피 아빠 닮아서 늦게 크는 스타일이라고.”

너무나 맞는 말을 하는 청소년에게 맞선다는 것은 원고 수정 요청한 출판사 편집자님에게 의문을 제기하는 것과 비슷하다. 내가 틀렸다는 것을 금방 깨달을 거다. ‘말이 아예 안 통하는 사람은 아니다’라는 이미지라도 건져야 한다. 좋아하는 아티스트의 사진이 새겨진 홀로그램 맥주잔도 모시는 판에 연휴 즐기려는 소년을 방해해서는 안 되지.

안방 침대에 누웠더니 떼굴떼굴 구르며 웃는 강썬의 소리가 들렸다. 벽 하나를 사이에 두고 나도 따라서 쿡쿡 웃었다. 연휴용 생체 시계는 아직 잘 때 아니라면서 눈을 점점 말똥말똥하게 만들었다. ‘인생 뭐 있나, 놀다 자자.’, ‘이 밤에 강썬 따라서 유튜브나 드라마 보는 거 말고 할 거 있어?’ 내 자아는 분열 조짐을 보였다. 원고 마감을 의식하는 ‘사회생활 자아’가 그냥 자라고 했다.

오전 10시쯤에 눈이 떠졌다. 식구들은 하루 내내 뒹굴뒹굴할 게 빤했다. 집 안에서 나는 장마철의 참외처럼 힘이 없다. 큰비에 냇가로 둥둥 떠내려가는 것처럼 우리 집 남자들의 분위기에 휩쓸리고 말 거다. 작업실 출근을 염두에 두고 머릿속으로 아침 식사를 시뮬레이션했다. 깜빠뉴 데우고 천혜향 하나 까서 먹으면 딱일 것 같았다.

그런데 나보다 늦게 깨는 편인 강성옥 씨가 일어나버렸다. 먹는 거 신경 쓰지 말라고 또박또박 말했지만, 안 들리는 것 같았다. 구체적인 내 식사 계획을 다시 말하는 사이에 그는 주방으로 가버렸다. 나로 말할 것 같으면, 강성옥 씨한테 자주 무시당한다. 그는 손 씻고 물 한 잔 마시고는 냉장고 문을 열었다. 나는 정말 고함치듯 말했다.

"뭐 할 거 없다니까! 알아서 먹을 거야. 도시락(천혜향, 평촌 요구르트, 구운 달걀)도 싸서 갈 거라고."

"알았어. 그래도 밥은 먹고 가야지. 금방 차려."

굴비구이, 소고기구이, 달걀찜, 소시지야채볶음, 단정하게 칼로 썬 배추김치, 미역국에 흰밥. 하나도 신경 안 썼다는 밥상은 어릴 때 전남 영광군 군남면 외가에서 본 구성과 대동소이했다. 외할머니는 외삼촌 군대 보내기 전에 굴비와 소고기를 구웠다. 밥 뜸 들이는 가마솥의 뚜껑을 열고 파 쫑쫑 썰어넣은 달걀 물이 든 스뎅('스테인리스'의 속어) 그릇을 가만히 쌀밥 위에 올려놨다. 할머니는 외가에서 보기 드물었던 분홍 소시지까지 달걀 물 입혀서 부쳤다.

혼자 먹기에는 너무 거창한 밥상이었다. 완식은커녕 3분의 1도 먹지 못할 거라는 패배의식이 숟가락 들기도 전에 나를 짓눌렀다. 책임을 최소화하기 위해서 자고 있는 아이들한테 갔다. 강썬은 새벽까지 드라마 「지금 우리 학교는」을 3화부터 6화까지 봤단다. 못 일어난다는 뜻이다. 여자친구랑 좁은 자동차 안에서 그 드라마를 보고 들어온 제규도 못 먹겠다고 했다. 약한 고리를 치자. "어쩌라고요?" 화법을 쓰는 강썬에게 다시 접근할 수 없으니까 제규를 다정하게 깨웠다.

한식은 먹는 사람이 많을수록 입맛이 돈다. 아메리카 스타일의 조식을 추구하는 사람도, 해가 머리 꼭대기에 뜰 때까지 빈속을 유지해야 편안한 사람도, 반찬을 서로 골고루 나눠 먹는 백반집 같은 밥상에 일단 앉으면 국물을 한 숟가락 뜬다. 따뜻한 흰밥은 위장을 타고 내려가 '억지로 먹어주고 있다'는 맺힌 마음을 풀어준다. 눈을 못 뜨고 의자에 앉은 강제규도 맛있게 먹고 있었다.

"제규야, 엄마 오늘 입대한다."

세 달여 전에 소방서 사회복무요원으로 국방의 의무를 마친 강제규는 어리둥절한 표정으로 나를 봤다.

"옛날에, 엄마 외할머니가 외삼촌 군대 보낼 때 이렇게 차려줬거든. 엄마 면회 와라."

"네."

"머리 길러서 쪽지고 한복 입고 떡 해서 와."

제규는 그게 무슨 뜻인지 전혀 모르는 것 같았다. 사실 나도 책이나 드라마로 본 이미지일 뿐이지 직접 경험한 적은 없다. 그런데도 제규 친구 중에서 주형이가 처음으로 군대 갈 때는 옛날 어머니들처럼 뭉클한 감정이 올라와서 먹먹했다. 달큼한 술 냄새를 풍기던 주형이는 짧은 머리를 쓱쓱 쓰다듬으며 조금 머뭇거리고서 말했다.

"어머니, 저 다음 주에 군대 가요."

차선이 지워질 만큼 눈이 쏟아진 밤이었다. 건강하게 잘 다녀오라는 말을 해야 하는데 눈물이 왈칵 쏟아졌다.

"…응."

초등학생 때부터 봐온 아이들이었다. 중학생 때는 주말마다 우르르 피시방에 몰려다니고, 우리 집에 오면 방문을 쾅쾅 닫고 누워서 스마트폰만 했다. 피자와 치킨 먹은 흔적을 디테일하게 남겨놓던 아이들이 커서 나라를 지키러 갔다.

"어머니 선물이에요."

차례로 입대한 주형이, 제규, 수민이는 군대 면세점에서 파는 화장품을 사 들고 퇴소했다.

군 복무하는 아이들은 정성 들여 차린 집밥을 떠올리지 않았다. 굴비나 소고기구이, 소시지부침은 땡기는 음식이 아니었다. 자대 배치받고 첫 면회 풀렸을 때 먹고 싶은 음식 원픽은 햄버거와 치킨. 옛날 어머니들이 한복 입고 떡을 해서 머리에 이고 갔던 길을 제규는 렌터카에 몇 가지 패스트푸드를 포장해서 친구 만나러 갔다.

밥 먹을 때나 서로 이야기를 한다. 마음속을 다 보여주지 않아도 괜찮다. 복학을 앞둔 제규의 고민을 엿볼 수 있어서 좋다. 손님의 취향을 존중하는 가게 주인처럼 나도 아이의 뜻을 꺾지 않는 엄마가 되자는 결심도 한다. 두런두런 나누는 이야기는 절대 안 일어날 것 같은 강썬도 깨우고 말았다. 나는 쏘야(소시지야채볶음)의 야채만 쏙쏙 골라먹었고, 아이들은 엄마의 식습관에 인상을 쓰지 않고 남은 소시지를 먹었다. 식구 넷이 모인 저력은 완식으로 증명되었다.

강성옥 씨는 식기세척기에 그릇을 집어넣었다. 주방을 정리한 제규는 데이트하러 나가고, 강썬은 텔레비전을 켰다. '작업실 나가지 말고 집에서 일할까?' 담금질한 쇠처럼 강하지 못한 내 마음은 나풀거렸다. 그걸 눈치챘는지 강성옥 씨가 과일만 먹고 가라며 불렀다. 나는 여유 없다면서 외출복을 입었다. 그런데 왜 노트북 가방을 메고 소파에 걸터앉았을까.

강썬은 「지금 우리 학교는」 내용을 일목요연하게 정리해줬다. 할 말이 많다며 나보고 드라마를 같이 보자고 했다. '할 말'을 찾기 위해 열네 살인 아이에게 책을 읽어주고 있다. 1년에 한두 편씩 드라마 본방을 같이 보고 다음 회차를 설레며 기다린다. 말은 주고받을수록 샘물처럼 솟아난다. 어느 날 갑자기 서로 잘 통하는 사이가 되지 않는다.

"엄마, 「지금 우리 학교는」 끝나면 오후 6시야. 같이 볼 거지?"

강썬은 7화를 검색했다. 좀비 드라마 입문자가 흥미를 잃지 않도록 간간이 해설해줬다. 내년 명절 연휴에 강썬은 친구들과 밖에서 몰려다닐 수도 있겠지. 나는 순간을 누리기 위해 편한 옷으로 갈아입었다. 드라마가 끝났을 때 사위는 이미 어두웠다.

16

홍어삼합

함께 둘러앉아
먹지 않아도 추억

우리 아빠는 증조부모 손에서 자랐다. 형제자매도 없다. 그러니 우리 자매들은 명절마다 토방에 앉아서 윗동네로 올라가는 남의 집 친척들을 바라보았다. 꼭대기에 있던 해가 기울기도 전에 외로움의 함량은 높아졌다. 9남매의 큰딸로 자란 엄마는 벽장에 넣어둔 종합과자선물세트를 꺼내서 명절 특유의 침울함을 걷어냈다. 좋아하는 것만 쏙쏙 골라 먹어도, 어린 마음에 드리워진 막연한 그리움은 가시지 않았다.

강성옥 씨는 자손이 번성한 종가의 막내아들로 태어났다. 명절에는 친척들이 진짜 많이 왔다. 맨 뒷줄에 선 아이들은 제사상에 절하는 어른들의 엉덩이에 밀려서 벽에 딱 붙어버릴 정도였다. 그래도 신나기만 했단다. 아무 때고 부엌에 들락거리면서 기름기 자글자글한 음식을 집어먹었고, 친척들에게 세뱃돈과 용돈 받는 시간을 기다렸다. 그런 날에 외로운 사람이 있을 거라는 생각을 해본 적 없이 자랐다.

합쳐서 백 살 넘은 우리 부부가 느끼는 명절은 비슷해졌다. (도맡아 하지 않아도) 제사 음식 준비와 용돈 줘야 하는 조카들과 조카손주들을 생각하면 외로움은 감히 끼어들지 못한다. 다정하면서도 소란스러운 시가와 친정에서 고요하게 있을 수도 없는 노릇. 크게 하는 일도 없는데 왜 힘이 들까. 어서 우리 집으로 돌아가서 깨끗하게 씻고 눕고 싶었다.

코로나는 온 나라 사람의 명절을 조붓하게 만들었다. 우리 시가도 친척들 없이 직계 가족끼리만 제사를 지낸다. 닷새나 되는 연휴, 명절 당일에는 시가에서 보내고, 전날에는 친정에 가기로 했다. 우리 아이들은 대대로 지켜온 전통을 그대로 따르고 싶어 하지 않았다. 제규는 데이트하러 나가고, 강썬은 집에 남아서 게임을 하고 싶어 했다.

"자식들은 다 그러코 크는 거여. 건강하기만 하믄 되제. 억지로 데려오지 마야."

전화로 사정을 들은 엄마는 괜찮다고 했다. 할 수 없이 우리 부부만 집을 나서려는 참에 강성옥 씨 친구가 하얀색 스티로폼 상자를 갖고 찾아왔다. 홍어였다. 머리가 따로 없이 몸뚱이에 눈코입이 달린 홍어는 얼음 사이로 얼굴을 내밀고 있었다.

웬만한 음식을 할 수 있는 강성옥 씨에게도 날것 그대로의 홍어는 알아서 잡아먹으라고 준 돼지 한 마리나 소 한 마리와 같았다. 그대로 실온에 두면 상할 수 있으니까 홍어를 상자째 들고 시가로 갔다. 마당 빨랫줄에는 껍질을 벗긴 홍어가 걸려 있었다. 꼬들꼬들하게 말린 다음에 모양이 흐트러지지 않게 쪄서 제사상에 올릴 모양이었다.

"홍어 있는데, 홍어를 또 가져왔어?"

큰시누이는 우리가 가져온 스티로폼 상자를 열었다. 홍어를 집어 올리는 두툼한 시누이의 손은 그리운 아버지의 손과 꼭 닮아 있었다. 홍어의 신선도를 품평할 수 있는 눈을 가진 시누이와 홍어의 미끄러운 '꼽' 때문에 차마 만지지 못하는 내가 동시에 떠올리는 사람은 같았다. 돌아가신 아버지처럼 선하게 웃는 큰시누이가 말했다.

"배지영이, 나 결혼하기 전에 아버지가 홍어를 어떻게 했는지 알아? 두엄자리 있잖아. (웃음) 비닐을 씌워서 거기에 묻어서 삭혔어. 요즘 그렇게 하면 누가 먹어? 나는 항아리를 깨끗이 씻어서 말린 다음에 짚 착착 넣고 홍어를 넣어서 딱 밀봉해놔. 많이 삭히려면 쫌 오래 놔두면 되는 거여. 삭히는 놈은 내장만 빼내고 껍질을 안 벗겨."

삭힌 홍어에 묵은지와 삶은 돼지고기를 싸 먹는 전남 나주 지역의 홍어삼합이 전국에 알려진 건 1980년대 이후라고 한다. 음식을 잘하던 우리 아버지는 미래를 내다본 사람처럼 홍어를 삭혔다. 그러나 서해를 낀 군산 지역 사람들은 갓 잡은 홍어를 손질해 썰어서 무치거나 회로 먹는 것을 선호했다. 싱싱한 홍어일수록 껍질 벗기기가 힘들어서 펜치를 사용했다고 한다.

'날아가는 새도 투망으로 잡았다'는 전설을 남긴 아버지는 동네 끝에 있는 만경강 하구에서 숭어, 망둥어, 전어를 직접 잡았다. 마당에서 회를 떠 식구들 먹이고 때로는 시내 사는 친구들까지 초대했다. 날것을 입에 대기 싫어했던 아버지의 막내아들은 살살 녹는다는 회 앞에서 돼지고기를 찾았단다. 지금도 강성옥 씨는 회를 좋아하지 않는다. 특이하게도 홍어회는 먹는 편이라서 큰시누이한테 자신이 온 목적을 밝혔다.

"누나, 처갓집 갔다가 저녁에 들를 테니까 홍어회 떠 놔.

몇 점만 갖고 갈 거야."

친정에 갔더니 밥상에 홍어회무침이 올라왔다. 제철이니까 집집마다 자식 기다리는 어머니들이 홍어를 샀을 것이다. 그런데 전라도 바깥 사람들은 전라도 사람들이 모두 삭힌 홍어를 좋아하는 줄로 안다. 내가 자란 전남 영광에서는 홍어를 삭히지 않았다. 전북 군산의 우리 시가처럼 홍어를 쪄서 제사상에 올리지도 않았다. 회갑이나 겟날에 꼭 먹는, 빠져서는 안 될 음식이긴 했다.

변소 냄새가 난다는 삭힌 홍어 이야기는 고등학교 3학년 1학기 기말고사 때 알았다. 출출한데 한밤중이라 분식집은 모두 문을 닫았다. 술과 안주, 그리고 국수를 파는 포장마차에 들어갔다. 아저씨들은 불콰한 얼굴로 암모니아 냄새가 올라온다는 삭힌 홍어 이야기를 했다. 떡볶이나 돈가스에 열광하던 학생에게 홍어삼합은 상상조차 하기 싫은 괴식이었다.

모든 음식을 골고루 잘 먹는 집안에서 태어나 가리는 게 없는 엄마도 삭힌 홍어는 마흔 살 넘어서 접했단다. 외가는 주로 홍어를 쪄서 먹었다. 싱싱할 때는 회로 떠서 실컷 먹었는데, 하필 우리 아빠는 날것을 보면 인상부터 쓰는 '나

약한' 남자였다. 외할아버지는 스물한 살에 시집보낸 큰딸이 친정 오는 날에 커다란 홍어를 미리 사놨다고 했다.

"결혼하고는 친정에나 가야 홍어를 먹었제. 느그 외할머니는 별 양념을 안 하고도 진짜 맛있게 만들었씨야. 된장에다가 막걸리로 만든 초를 쪼까 쳐서 먹었제."

부모님의 결혼 생활 50여 년. 아빠는 이제 음식 앞에서 까탈을 부리지 않고 골고루 먹으려고 애쓴다. 엄마가 일하러 갔다가 올 시간에 맞춰 쌀을 씻어서 안치고 청소를 하고 아내의 기분을 살핀다. 자식들한테는 바라는 거 하나 없는 엄마가 세월이 갈수록 아빠한테만 점점 엄격해지고 있는 게 아이러니이긴 하지만.

설거지를 마친 엄마는 세뱃돈 봉투 네 장을 내밀었다. 손주들뿐만 아니라 딸과 사위 것까지 준비했다. 안 받으면 엄마가 서운해하니까 고맙다면서 받았다. 아빠는 조 막둥이(나보다 한 살 많은 막내이모)한테 받은 용돈을 자랑했다. 엄마는 그 대목에서 버럭 화를 냈다. '애기들'이 힘들게 번 돈을 왜 받느냐면서. 참고로 엄마의 신념은 특별한 날에도 자식들한테 용돈을 받지 않는 거다.

궁지에 몰린 아빠는 난데없이 서류 봉투를 가져왔다. 위기에서 벗어나려는 어린이 같은 아빠 태도를 응원했다.

"뭐야? 우리 아빠 잘한 거 있나 보네."

아빠 혼자서 서류를 준비하고 접수에 성공했다는 증명 봉투에는 '진실 화해를 위한 과거사정리위원회'라고 쓰여 있었다. 그 순간 가슴에서 뜨거운 게 치받혔다.

우리 할아버지 배희근 씨는 군경에 의한 민간인 희생자. 1948년 8월, 겨우 스물두 살에 돌아가셨다. 그해 초봄에 태어난 아빠는 당신 아버지의 그림자조차 본 적 없다. 증조할머니는 젊은 며느리를 재가시키고 큰아들의 유일한 핏줄인 우리 아빠를 애지중지했다. 먹을 게 풍족하지 않던 시절에도 편식을 허용하고 귀한 것만 먹였다. 초등학교 3학년 때 산골에서 광주로 유학 간 아빠는 학교 게시판에 1년 내내 이름이 붙어 있을 정도로 공부를 잘했다. 그러나 '빨갱이 자식은 면서기도 못 된다'는 벽 앞에서 나아가지 않고 포기했다. 일찍 결혼한 아내에게 기대서 평생을 살고 있다.

편식은 시간이 지나면 자연 치유 되기도 한다. 생김새나 색깔, 냄새가 마음에 안 든다는 등의 이유로 거부하던 음식을 어느 순간부터 받아들인다. 만든 사람의 정성, 곁에 있는 사람들의 분위기를 고려해서 맛을 음미하며 수더분하게 먹는다. 그토록 저어했던 음식을 특정한 철이나 특별한 감정이 들 때마다 먹고 싶다고 난리까지 친다.

그러나 우리 집 늦둥이 강썬은 시간이 필요한 열네 살. 익히지 않은 게 싫고, 핑크색에 선홍색인 색깔도 마음에 안 든다며 홍어회를 먹지 않는다. 즐거워야 할 명절에 강썬이 음식으로 투덜거리는 건 집안의 근심. 강성옥 씨는 재어놓았던 갈비를 굽고 부족해 보였는지 목살까지 구웠다. 홍어회와 묵은지와 돼지고기 수육도 준비했다.

나는 엄마가 새로 담가준 김치에 홍어와 수육, 그리고 양파까지 곁들여 몇 점 먹었다. 종가의 막둥이로서 음식의 호불호를 밝히며 자란 강성옥 씨의 젓가락은 홍어회보다는 육고기 쪽으로 움직였다. 자정 넘어 들어온 큰애는 진짜 미식가. 냉장고 속 홍어회를 보고 반색했다. 혼자서도 제대로 차려 야무지게 홍어삼합을 먹었다. 맞은편에 앉은 나는 옛날에 우리 엄마가 그랬던 것처럼, 흐뭇하게 지켜보았다.

둘러앉아 함께 먹지 않은 음식도 기억 속에 저장된다. 나는 엄마가 권하는 날것들을 질색하며 자랐다. 남편이나 새끼들은 입에 대지 않는 홍어를 먹고 싶었던 엄마는 혼자 장에 가서 커다란 놈으로 사 왔다. 부위별로 큼지막하게 썰어서 회로, 갖가지 야채와 식초를 넣어서 무침으로, 적당히 말려서 찜으로 먹었던 우리 엄마는 참 근사했다.

"잘 먹었응게 지금까지 내가 건강하제요. 밥맛은 떨어져본 적이 없씨야. 명절 대목 닥쳐서 날 새고 굴비를 엮고 힘들어도 밥이 항상 맛있다이. 살도 안 찌잖아. 많이 먹으믄 일을 못 한 게 딱 정량만 먹는다이."

맛있게 먹고 여전히 삶을 씩씩하게 꾸려가는 어른들이 자기 자랑으로 끝나는 이야기를 들려주는 게 좋다. 먹는 일에 관심을 쏟은 적 없고, 복스럽게 먹지 못하는 나도, 과거에서 현재까지 이어지는 음식 얘기에 욕심이 생긴다. 과연 우리 아이들에게 아빠 음식 말고, 엄마만의 멋짐이 스며 있는 음식 이야기를 하나쯤 물려줄 수 있을까.

4장

재난이 닥쳐도 주방에 서는 사람

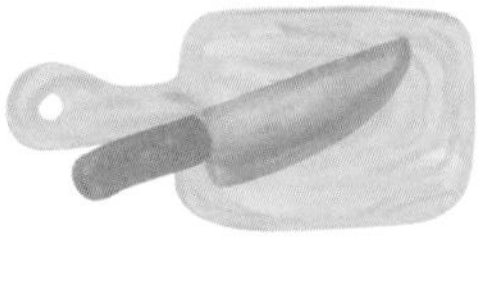

17

주꾸미샤브샤브

코로나 기세에 눌린 봄의 보양식

인구 30만이 안 되는 작은 도시. 2022년 1월에 하루 30명대이던 코로나 확진자가 2월 초에 100명, 한 달 뒤에는 1,000명대로 늘어났다. 사람들은 단체 메시지 방이나 SNS에 자가격리 중이라는 근황을 알렸다.

'곧 우리 식구 일이 될 수도 있겠다.' 코앞으로 닥쳐온 것 같아서 각오했지만 일상은 쉽게 바스러지지 않았다. 큰애는 복학해서 집을 떠났고, 남은 우리 세 식구는 학교와 일터에서 돌아와 저녁마다 식탁에 마주 앉았다.

하루 확진자가 1,600명으로 늘어난 날, 강썬도 '재난안전문자' 숫자 한 자리를 차지했다. 그날은 새벽 2시쯤에 오른쪽 팔이 너무 뜨거워서 깼다. 내 팔은 강썬의 몸과 닿아 있었다. 춥다고 해서 열을 쟀더니 38.1도. 타이레놀을 먹였지만 잠들지 못하는 강썬은 목이 너무 아프다고만 했다. 따뜻한 물을 먹이고는 더 자자고 토닥였다.

강썬은 전날 밤부터 목이 아팠다. 아무래도 코로나 양성일 것 같다며 진단키트 검사를 해보잔다. 다행스럽게 음성! 보리차를 먹이고 『독고솜에게 반하면』 두 챕터를 읽어주고 같이 누웠다. 강썬은 가래 끓는 옛날 시골 할아버지들처럼 괴롭게 기침을 했다. 목구멍이 작아진 것 같다며 답답해하길래 종합감기약이라도 먹이고 재웠다.

새벽 5시, 땀을 쏟고 떠는 강썬은 말이 안 나올 만큼 목이 아프다고 했다. 따뜻한 물을 먹이는 것밖에 해줄 일이 없었다. 날 밝으면 알게 되겠지만, 어쩐지 확진일 것 같았다. 자기 전에 뽀뽀했으니까 나도 걸렸겠지. 음식물 쓰레기를 주방 베란다에 그대로 놔둔 게 가장 걸렸다. 아무하고도 마주치지 않고서 버리고 왔더니 강썬은 더 끙끙 앓고 있었다.

"일어나라, 게으른 내 친구야."

아침에는 '당신의 아침을 깨우는 알람 송'을 켜서 무한 반복한다. 강썬이 나보고 엉망으로 춤춘다며 동영상 찍어서 유튜브에 올린다고 으름장을 놓은 적 있는 노래다. 하지만 그날 우리는 병맛 느낌의 노래를 들으며 자가진단키트로 코로나 검사를 했다. 확실하게 하자며 면봉이 콧구멍에 깊이 들어가나 봐주다가 서로의 얼굴에 재채기를 했다.

오, 예! 둘 다 음성이었다. 노래는 계속 흘러나왔고, "5분만 할 시간에 씻었으면 볼 빨간 사춘기 노래 두 번 더 들었다."라는 부분에 내가 좋아하는 아티스트의 이름을 넣어 불렀다. 오늘 하루도 우리의 일상은 깨어지지 않을 거라는 기쁨에 젖어서 춤을 추는데, 안방에서 혼자 자고 일어난 강성옥 씨가 말했다.

"이 진단키트 누구 거야? 양성인데…."

두 줄! 한 줄은 선명하고 한 줄은 흐릿했다. 나는 병원에서 근무하는 친구한테 자가진단키트 사진을 보내고는 어떻게 해야 하느냐고 물었다. 친구가 알려준 대로 신속항원 검사를 받으러 동네 병원으로 갔다. 축축하고 쌀쌀한 날씨 속에서 사람들은 침통하게 줄 서서 차례를 기다렸다. 젊은 아빠 품에 안긴 아기도 칭얼대지 않았다.

30분 넘게 기다리고 있는데, 병원 원장님이 "배지영도 같이 검사해야지."라고 했다. 강썬은 확실한 양성, 나는 음성. 보호자니까 코로나 양성 환자 진료실로 따라갔다. 교복 입은 학생 두 명이 앉아 스마트폰으로 게임을 하고 있었다. 원장님은 학생들에게 백신 맞았으니까 사흘 정도만 아플 거라고 안심시켜줬다.

강썬은 욕실이 딸린 안방으로 노트북, 스마트폰, 고양이 인형 두 마리를 챙겨서 들어갔다. 열이 나고 기침을 하고 목이 아프다고 하는데도 다가가면 안 됐다. 메신저로 처방받은 가글을 하라고 당부했다. 따뜻한 물과 스마트폰 충전기를 넣어주고, 좋아하는 뿌링클 치킨을 시켜주었다. 몇 조각 먹지 못하길래 된장국에 밥, 반찬 몇 가지를 쟁반에 담았다. 역시 수저질만 몇 번 하고 그대로 남겼다.

문을 닫지 않고 지낼 때보다 더 많은 대화가 필요했다. 표정을 볼 수 없고 목소리 톤에 실린 감정을 느낄 수 없으니까 아프면 보채기만 하던 아기 돌보는 기분이었다. 게임할 기력조차 없는 강썬은 조용했다. 잠든 것 같았다. 목소리가 잘 안 나온다고 해서 말을 시킬 수도 없었다. 방 안에서 게임 유튜버 소리가 들리면 기운이 있다는 뜻으로 해석했다.

주간에는 철저하게 자가격리를 했다. 그러나 강썬이 완전하게 잠든 한밤중에는 마스크를 끼고 안방으로 들어가서 체온을 재봤다. 38도 넘는 날은 몇 번이나 들락거렸고 결국은 깨워서 해열제와 따뜻한 물을 먹였다. 닫힌 문 너머로 기침 소리는 끊임없이 들렸지만, 그건 나아지는 징후라고 했던 자가격리 선배들의 후기를 신봉할 수밖에 없었다.

안방 문 앞에서 큰 소리로 강썬을 부르고 대답을 기다리던 우리 부부는 사흘째에 몸살 기운을 감지했다. 목이 아파서 일찍 저녁밥을 먹고 누웠는데, 위층 사는 시후 엄마가 힘차게 꿈틀거리는 주꾸미를 가져다주었다. 지후(초등 5학년)도 코로나 양성이라서 시후 외할머니가 보양식 해먹이라며 가져오신 참이었다.

서해를 끼고 사는 사람들에게 주꾸미는 봄에 먹어야 할 제철 음식이다. 수온이 떨어지면 폐조개나 바위에 붙어 겨울을 나는 주꾸미들, 산란기를 앞둔 봄에 가장 맛있다. 이때 주꾸미는 머리에 알이 꽉 차 있어서 쌀알처럼 오도독 씹히면서 툭툭 터진다. 햅쌀로 지은 밥처럼 쫀득쫀득하고 고소하다.

돌아가신 아버지와 마지막으로 먹은 음식도 주꾸미다. 밭에 생강을 심고 오신 아버지는 주꾸미샤브샤브와 탕탕이를 맛있게 드셨다. 그래서 주꾸미가 맛있어지는 봄마다 생명력을 과시하며 꿈틀거리는 이 제철 음식을 보면 눈물이 나곤 했다. 몇 년 지나고 나서야 괜찮아지고 있다. "맛있겠다!" 덤덤하게 말한다.

아파서 누워 있다가 드라마 「스물다섯 스물하나」 보려고 일어났다. 나는 텔레비전 소리를 작게 하고 미동도 하지 않으면서 빨려 들어갈 듯 보는 거 좋아한다. 하필 강성옥 씨는 그 시간에 주방으로 갔다. 아침에 시간 없다며 주꾸미샤브샤브 할 국물을 우렸다. 아, 정말! 칼도마 소리가 너무 신경 쓰였다. 양치했는데 국물 맛 좀 봐달라고까지 했다.

삭신이 쑤셔도 오전 5시에 일어나서 전날 마무리 못한 일을 했다. 7시 20분에 맞춰놓은 알람 소리를 듣고 일어나서 음식 한두 가지 만들고 출근하는 강성옥 씨도 6시쯤에 활동을 시작했다. 몸이 으슬으슬 떨리고 목이 아프다면서 보일러를 25도까지 올렸다. 그러고는 주꾸미샤브샤브에 청경채와 배추가 빠지면 안 된다며 장 보러 갔다 왔다.

이른 아침, 우리는 코로나 자가진단키트를 꺼냈다. 둘 다 음성. 강성옥 씨는 싱싱할 때 먹어야 맛있다면서 식탁에 가스버너를 올렸다. 끓는 육수에 주꾸미, 배추, 청경채를 데쳐서 접시에 덜어줬다. 나는 봄의 피로회복제라는 주꾸미의 명성을 의심하지 않았다. 야채와 주꾸미 두 마리를 초고추장에 찍어 먹고 나니까 정말로 몸살 기운이 가시는 것 같았다. 그걸로 충분했다. 더 먹지는 않았다.

강성옥 씨는 여전히 한기가 드는지 어깨를 움츠리고 있었다. 젓가락질에 전혀 힘을 싣지 못하는 걸 보니 식욕 자체가 없는 것 같았다. 주꾸미와 야채를 먹은 뒤에 남은 육수로 라면 끓이는 게 국룰이지만, 강성옥 씨는 쌀밥 같은 알이 들어 있는 주꾸미 머리와 남은 주꾸미를 글라스락에 담고서 빠르게 식탁을 치웠다.

"배지영, 지금 바로 병원 가 봐. 나 양성이야."

목구멍을 칼로 도려내는 듯 아픈 그는 출근해서 코로나 검사를 받았다. 나는 PCR검사를 받기 위해 보건소로 가야 했다. 사람들의 긴 줄은 보건소 옆 공원까지 뻗어 있었다. 매화꽃이 온통 에워싸고 있어도 누구 하나 사진 찍지 않고 차례를 기다렸다. 검사를 마친 나는 양성을 확신했다. 차라리 잘됐다는 생각이 들 정도로 후련했다.

자가격리를 각오하고 돌아와서 안방 문을 열어젖혔다. 수십 년 만에 모자 상봉하는 것처럼 감격스러웠다. 다 그러는 것처럼 우리는 얼싸안고 뽀뽀했다. 사흘 만에 대면하는 강썬이 물었다.

"엄마, 우리 이제 같이 밥 먹어도 되지?"

18

삼겹살

자식 입에 들어가는
고기를 「라이브」로
감상하던 기쁨

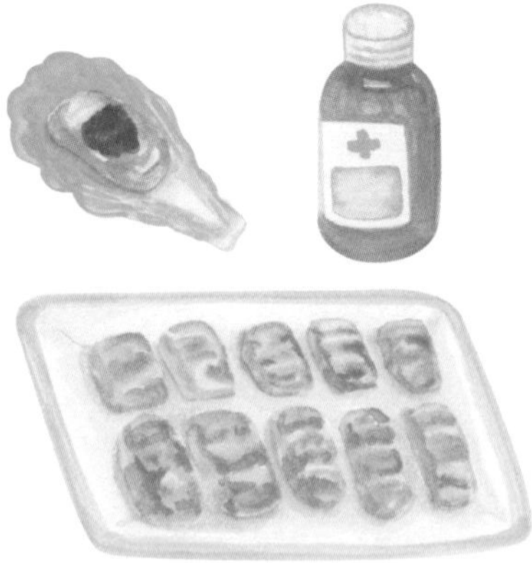

강썬의 혼밥 경험치는 '쪼렙'이다. 또래 친구들이 편의점에서 삼각김밥과 라면으로 후다닥 한 끼를 때우고 학원 갈 때 혼자만의 시간을 보냈다. 집에 오자마자 샤워하고 나서는 뒹굴거렸다. 게임 유튜브를 보고 큐브를 맞추고 포켓몬 카드를 들여다보다가 친구들이 학원 갔다가 집에 돌아올 시간이 되면 온라인에서 만나 게임을 했다.

편의점 음식 당기는 날에 강썬은 몇 가지를 사서 집으로 왔다. 자기가 좋아하는 라면 '카구리'를 후후 불어서 기어이 아빠도 맛보게 했다. 가르쳐줘도 까먹는 엄마한테 삼각김밥 뜯는 시범을 보였다. 편의점 사장님이 특별히 챙겨놓았다가 건넨 포켓몬 빵을 의기양양하게 내밀며 자신의 인

맥을 과시했다.

코로나 확진되고 안방에서 자가격리하는 강썬은 열이 나서 음식이 맛없게 느껴질 때도 '어른'의 기분을 즐기는 듯했다. 자기보다 열 살 많은 형은 샤워할 때도 스마트폰을 끄지 않고 영상을 본다. 밤늦게까지 스마트폰을 해도 엄마 아빠는 잔소리하지 않는다. 특별한 날에만 밥 먹으면서 스마트폰을 볼 수 있는 강썬은 격리 중이니까 규제 없는 영상 시청 세계에 접속했다.

안방 문을 못 여니까 강썬이 더 보고 싶었다. 그래서 제규를 따라 해봤다. 제규는 먼 도시에서 대학 다니는 여자친구와 일상을 공유하기 위해 노트북으로 페이스톡을 켜 놓은 채 밥상을 차리고 게임을 했다. 여자친구는 과제를 하고 편의점에 음료를 사러 갈 때도 페이스톡을 끄지 않았다. 대면하지 않아도 두 사람은 서로 곁에 있다는 느낌을 받는 것 같았다.

나는 강썬에게 밥 먹을 때 페이스톡 해도 되냐고 물었다. 순순하게 응해줬다. 음식이 든 쟁반을 책상에 올리고, 책꽂이에 스마트폰을 고정해서 자기 모습이 잘 보이게 했다. 볼이 해쓱해진 아이는 밥 먹다가 기침했고, 말도 안 되는 유튜버의 드립을 듣고서 웃었다. 식탁에서 같이 밥 먹을 때처럼 우리는 게임과 영화 이야기를 나눴다. 격리 첫 날보다 식욕이 돋는 것 같은 강썬은 약 먹고 이 닦는 모습까지 보여주고 비닐장갑을 끼었다. 음식이 든 쟁반을 문밖으로 내놓고는 페이스톡을 껐다.

나는 안방 문 앞에 강썬의 속옷과 수건과 포켓몬 카드와 띠부띠부 씰을 놓아두었다. 먹고 싶다는 갖가지 음식과 음료를 갖다 바쳤다. 부모로서 당연히 할 일인데, 강썬은 대가를 지불했다. 3천 원짜리 삼색 페이(강썬의 고양이 인형 사진에 가격 적음)를 한 장씩 보내주었다. 하루에 심부름을 30회쯤 하니까 9만 원, 일주일 자가격리 끝나면 대략 63만 원. 우리 도시에서도 우리나라에서도 삼색 페이 결제할 곳이 없다는 게 유일한 단점이었다.

강썬 격리 사흘 차. 마침 일요일이었고 강성옥 씨는 상추를 씻고 고기를 구웠다. 아무리 삼겹살이 혼밥의 세계에 편입했다 한들, 나한테는 세 명 이상 모여서 먹는 음식이다. 윗집 사는 시후 지후 형제도 불러서 거실 한켠에 신문지를 깔고 고기를 구워 긴 탁자에 차리는 음식. 우리 시가에서는 마당에서 고기 구우면 지나가는 이웃을 큰 소리로 불러서 같이 먹곤 했다.

그러나 나는 밥상 앞에서 현실 안주형. 삼겹살에 대한 철학을 바로 팽개치고 강썬 생각을 했다. 갓 지은 밥 냄새를 싫어하니까(나도 어릴 때 그랬음) 미리 밥그릇에 퍼서 주방 창을 열고 한 김 식혔다. 강성옥 씨는 반찬을 접시에 단정하게 덜고, 음식 만들면서 쓴 큰 그릇들을 애벌 설거지해서 식기세척기에 집어넣고, 나무 쟁반에 딱 들어맞는 접시를 골라서 격리용 밥상을 차렸다. 나는 안방 문을 노크하고 큰 소리로 말했다.

"강썬아, 페이스톡 켜!"

책상에 쟁반을 두고 앉은 강썬의 모습이 보였다. 샤워하고 대충 말리고 잔 강썬의 머리카락은 질서 없이 허공으로 솟아 있었다. 기어 다니며 웃던 아기 때 모습이 보여서 귀여웠다. 우리 부부도 밥 먹는 모습이 보이게 스마트폰 각도를 조절했지만 두 사람이 동시에 잡히지는 않았다. 고기 기름 튄 트레이닝복 입은 강성옥 씨가 화면을 양보해줬다. 목 늘어난 면티를 입은 아내가 더 낫다는 자체 평가였다.

강성옥 씨는 마주 보고 앉은 것처럼 강썬에게 말했다. 꼭꼭 씹어 먹으라고. 강썬은 상추 두 장에 고기 두 점, 쌈장 조금에 밥 한 숟가락을 얹어 쌈을 쌌다. 먹을 수 있을지 가늠하기 위해서 페이스톡에 대고 입을 크게 벌리고 물었다.

"엄마, 깔끔하게 들어갈 것 같아?"

성공한 강썬은 손에 묻은 물기를 티셔츠에 닦고서 오물오물 예쁘게 먹었다.

강썬은 난데없이 두 손으로 박박 머리를 긁었다. 열 번은 더 쌈을 싸서 먹어야 하는데 그대로 두면 안 된다. 욕실 가서 손 씻고 오라 하면 싫다고 할 줄 알았는데 바로 일어났다. 강썬은 없지만 페이스톡 오디오는 비지 않았다. 노트북으로 켜놓은 게임 영상에서 유튜버는 정제되지 않은 괴성을 질렀다. 손을 씻고 온 강썬은 유튜버와 같이 환호하면서 쌈을 쌌다.

나는 항상 네다섯 번째 쌈부터 고비라서 강성옥 씨 눈치를 살폈다. 그는 나를 거들떠보지 않고 격리 중인 아들이 잘 먹는가만 살피면서 식사를 했다. 그 틈에 나는 고기 빼고 상추쌈만 먹었다. 깨끗하게 다 먹은 강썬은 빈 접시를 페이스톡으로 보여줬다. 식사 시간 14분, 강썬은 비닐장갑을 끼고 쟁반을 안방 문 앞까지 내놓고는 페이스톡을 껐다. 전날에는 약 먹고 양치질하는 것까지 다정하게 보여줬는데.

"가족들도 결국은 다 걸린다고 생각하세요."

강썬이 코로나 양성 나온 날, 우리 동네 소아과 선생님은 확진되지 않은 나한테 말했다. 강썬을 먼저 집으로 보내고 혼자 약국에 들러서 걸어오며 생각했다. 그렇다면 차라리 식구들이 다 같이 앓고 쾌유하는 게 낫지 않을까. 한 사람이 일주일 격리하고, 또 한 사람이 일주일 격리하고, 마지막으로 남은 한 사람이 앓는 사이에 벚꽃 피면 어쩌지? 내 고민을 페이스톡으로 들은 강썬이 단호하게 나왔다.

"안 돼, 엄마!"

강썬의 효심에 나는 울컥했다.

"엄마, 우리 정말 철저하게 격리하자."

"알겠어. 조심할게."

"엄마가 비자카드 받아야지 나 게임 할 수 있잖아."

집에서 한참 떨어진 더블유 미들스쿨에 다니게 된 강썬은 입학한 날 자퇴 얘기를 꺼냈다. 아는 친구 한 명도 없는 학교에 다니는 거 너무 싫다는 아이를 일으켜 세운 건 게임 유튜버. 자기도 따라 해보고 싶단다. 그러려면 게임용 컴퓨터를 사야 했다. 아파트 사 달라고 하는 게 아니니까(네 살 때는 어린이집 여자친구한테 우리 아래층을 사주라고 했음), 어차피 소년은 게임을 해야 하니까 마음먹고 있었다.

강썬 탄신 주간(5월 둘째주)에 사주려다가 코로나 양성과 상관없이 당겨서 주문했다. 안방에서 격리 중인 강썬은 전원을 켜면 반짝반짝 불 들어오는 게임용 컴퓨터를 실물 영접 못했다. 좋다고 팔짝팔짝 뛰면서 엄마 아빠 사랑한다고 백번 천번 말해야 할 주인공은 페이스톡으로만 컴퓨터를 구경했다.

그런데 '마인 크래프트' 게임을 하려면 반드시 해외 결제되는 비자카드로 아이템을 사야 한단다. 다른 게임처럼 편의점에서 파는 구글 플레이 기프트 카드로는 어림없다고 했다. 신용카드를 안 쓰는 나는 은행에 비자카드를 신청했고 사나흘 뒤에 직접 사인하고 수령하기로 했다. 그때까지는 무조건 음성 상태를 유지해야 한다. 만약에 내가 코로나 양성이 나온다면, 어머니에 대한 강썬의 사랑은 바로 흔들릴 것 같다.

19

자가격리 중에 먹은 최고의 음식

콩나물국

식구는 같은 집에서 살며 끼니를 함께하는 사람. 사전적인 의미로만 따지면, 강성옥 씨는 '주말 식구'다. 저녁이 없는 삶을 사는 그는 밥만 차려주고 나간다. 격무를 마치고 돌아와 샤워하고 소파에 앉는 순간, 집 앞이라며 찾아오는 사람들까지 있다. 그게 미안해서인지 주말에는 어떻게든 시간을 내서 식구들과 밥을 먹는다.

그는 식재료를 다듬어 전을 부치면서도 걸려오는 전화를 받는다. 식구들끼리 여행 가도 강성옥 씨의 전화벨 소리는 따라온다. 자가격리 때도 강성옥 씨의 스마트폰은 계속 울렸다. 전화 건 사람들은 숨차서 벌린 입에 찬바람 들어온 것처럼 목구멍이 찢어질 듯 아프고 목소리가 안 나온다는 코로나 양성자에게 용건만 간단히 말했다.

자기보다 사흘 늦게 확진된 엄마 아빠 덕분에 열흘이나 학교를 쉬게 된 강썬은 마음 놓고 늦잠을 잤다. 식구 중에서 유일하게 아침밥을 먹는 나는 강성옥 씨에게 하루 두 끼만 먹겠다고 말했다. 식생활의 주도권을 쥔 강성옥 씨는 내 의견을 아예 흘려들었다. 밥때 되면 정확하게 주방으로 갔다.

"강성옥, 끼니 챙기는 거 안 귀찮아?"

"때 되면 먹는 거지."

"몸 아프고 힘드니까 간단하게 먹자."

"무슨 소리야? 건강할 때보다 잘 먹어야지."

코로나 확진되고 후각 상실했다는 사람들 이야기를 들었다. 우리 식구의 후각과 미각은 그대로였다. 더구나 강성옥 씨는 '밥하기 싫다, 누가 좀 차려주면 좋겠다'는 생각 자체를 안 하는 사람. 열이 내리지 않아서 얼음주머니를 정수리에 올리고 있다가도 몸속에 설정해놓은 타이머가 울리면 일어섰다.

잘게 파를 다지고, 참기름과 깨소금 넣어 양념간장을 만드는 날에는 배춧잎, 데운 두부, 곱창김을 함께 밥상에 올렸다. 고유한 향을 가진 갖가지 나물을 넣어 양푼비빔밥을 했다. 지지고 볶은 고칼로리 음식을 하고, 감자를 채 썰어서 찬물에 헹궜다가 볶고, 생선을 굽고, 유튜브에서 본 일본식 달걀찜을 하고, 치즈를 듬뿍 넣어 그라탱을 만들고, 고기 싸 먹고 남은 채소로는 겉절이를 무쳤다.

메뉴를 결정하는 사람이 집안의 최고 권력자. 강썬은 아빠가 차린 밥을 삼시 세끼 먹고 싶어하지 않았다. 격리하는 동안 치킨 두 번, 피자는 한 번 주문했다. 야무지게 먹는 강썬 옆에서 우리는 황혼에 접어든 부부 같았다. 배달 음식이 맛있지 않아서 과일로 끼니를 때웠다. 동네 중국집은 코로나 확진자라고 하니까 탕수육과 짜장면 세트를 1회용 그릇에 갖다줬다.

나도 미미한 힘을 보탰다. 자가진단키트에 양성 나오기 전에 먼저 아픈 곳이 목이다. 나중에는 침을 삼킬 수 없을 정도로 괴롭다. 우리 도시의 가장 큰 병원에서 20년 넘게 근무하는 친구는 보리차 마시면 덜 아프다는 민간요법을 알려주었다. 나는 하루에 세 번씩, 2리터짜리 주전자에 물을 받아서 끓였다. 탕약이라도 되는 것처럼 식지 않게 텀블러에 따라서 게임하는 강썬과 영화 보는 강성옥 씨에게 바쳤다.

인류애를 실천하는 사람들이 집 앞에 음식을 두고 가기

도 했다. 족발과 갈비는 많아서 위층 시후네한테 주려고 비닐장갑 끼고 나눴다. 우리 집 대문에 걸어놓았더니 몇 분 후에 잘 먹겠다는 카톡이 왔다. 장을 어떻게 봐서 먹느냐고 걱정하는 사람들은 딸기, 천혜향, 빵 등을 직접 배달해주고 갔다. 열나고 목 아프니까 도움 될 거라며 모바일로 아이스크림을 보내준 사람도 있었다.

가장 맛있게 먹은 음식은 콩나물국이었다. 목 아프고 기침이 많이 나와서 답답할 때 안성맞춤이었다. 국물은 맵거나 짜지 않고, 뜨거운데 시원했다. 아삭하고 담백한 콩나물의 식감은 개운했다. 강성옥 씨와 나는 숟가락을 쓰지 않고 그릇째 들어서 국물을 한껏 마셨다. 따뜻함이 속까지 전해져서 다시 국물을 들이켜 살 것 같은 그 느낌을 유지했다.

심플 이즈 더 베스트(SIMPLE IS THE BEST). 기본에 충실한 음식보다 여러 가지 식재료가 들어가서 맛도 강하고 비주얼도 강렬한 걸 좋아하는 강썬은 밍밍해 보이는 콩나물국이 별로라고 했다. 고춧가루 들어간 국밥집의 콩나물국을 좋아하는 소년은 자신의 음식 철학을 고수하느라 먹지 않았다. 청소년이 듣기 싫어한다는 '라떼' 이야기가 나오고 말았다.

시골에서는 사시사철 콩나물을 길러 먹었다. 구멍 난 떡시루에 솔잎을 깔고 나서 지푸라기 사른 재를 뿌렸다. 그 위에 불려놓은 콩을 놓고, 다시 재를 뿌렸다. 들러붙지 말라며 번갈아 놓은 콩과 재는 지층처럼 겹겹이 쌓였다. 시루에 든 콩은 빛을 받으면 대가리가 시퍼렇게 자라니까 까만 천으로 덮어놓았다.

엄마들은 사시사철 밥상에 오르는 콩나물을 특별 대접했다. 어린 자식들처럼 안방에서 같이 끼고 생활했다. 찧고 까불고 싸우고 억울하다며 고래고래 소리 지르고 까르르 웃는 아이들의 소리를 들은 콩나물은 여름날의 옥수수보다 더 빨리 자랐다. 부잡스러운 아이들은 더러 시루를 엎었고, 그래서 콩나물 시루의 지정석은 윗목의 귀퉁이였다.

강성옥 씨는 생활필수품과 문구류를 파는 점빵집의 막둥이 아들로 자랐다. 한겨울 추위를 이기지 못하고 콜라병이 깨져버리면 유리 조각을 걷어내고 얼어붙은 콜라를 아그작 아그작 먹었다. 막걸리와 안주, 두통약과 구급약, 수박에 참외까지 구비한 가게에서 유일하게 팔지 않는 게 콩나물이었다. 너무 흔한 식재료라서 아이들은 콩나물을 거들떠보지 않고 고기 들어간 국을 최고로 쳤다.

결혼하고 나서야 강성옥 씨는 콩나물의 위상을 확인했

다. 라면 끓일 때 넣으면 시원하고, 국수 만들 때도 콩나물을 응용해보고, 콩나물밥을 지으면 여러 가지 반찬을 만들지 않아도 되고, 무엇보다 아이들이 좋아해서 즐겨 만드는 '콩불'의 메인 식재료였다. 우리 집 냉장고에 콩나물이 떨어지지 않는 이유였다.

우리 식구는 나흘째까지 코로나 증상에 부대꼈다. 열이 오르고 기침을 많이 해서 허리가 아팠다. 놓친 한 끼는 영원히 못 먹는다고, 뭐가 귀찮냐고 되묻는 강성옥 씨는 일주일간 성실하게 밥을 차렸다. 거르지 않고 마주 앉아 먹은 우리는 각자 하고 싶은 게임과 독서와 영화 감상을 위해 흩어졌다가 어느새 거실 소파에 붙어 앉아서 드라마를 봤다. 서로에게 요구하는 게 없으니 삐치거나 다투지도 않았다. 격리 다섯째 되는 날에는 신생아 수준으로 길게 잤더니 기적처럼 기침이 잦아들고 몸이 가뿐해졌다.

"용각산 먹어." 유행어도 생겼다. 가래가 끓어서 하루에 10포 이상 용각산을 먹으며 자가 치료에 몰두한 강성옥 씨는 게임 안 된다고 징징대도, 보고 싶은 드라마 검색 안 된다고 투덜거려도, 일하려고 노트북 켰는데 골치 아파서 덮어도, 기침 때문에 갈비뼈가 결려도 용각산 먹으라고 했다. 만병통치약으로 급부상한 의약품에 대한 예의를 다하기 위해 강썬과 나는 서로에게 용각산을 권하고는 "으하하하!" 웃었다.

격리해제를 하루 앞둔 날, 만기 출소하는 죄수처럼 바깥으로 나가는 일에 한껏 기대를 품었다. 나는 좋아하는 배우의 인터뷰 글이 실린 잡지를 사서 풍경이 아름다운 카페에 가기로 마음먹었다. 집에서는 그 맛과 분위기가 절대 안 나는 카페라떼를 마시면서 '꺄아!' 내적으로 환호하며 잡지를 읽을 거라고 식구들에게 말했다. 하필 식사 시간과 겹친 내 말은 무시당했다. 강썬은 아빠가 만든 김밥을 먹고 싶어 했고, 어느새 강성옥 씨는 냉장고 문을 열고 있었다.

20

김치볶음김밥

보고 자란 삶이 전해지는 방식

이 병은 전쟁을 겪고 보릿고개를 넘을 때도 소멸되지 않았다. 원인조차 제대로 밝혀지지 않은 병에 걸려서 고생하는 사람은 주로 여성이었다. 우리 시골에서는 '전라도 엄마 병' 또는 '손 큰 병'이라고 불렀다. 배가 일찍 꺼진다면서 사람 수에 곱하기 3을 해서 국수를 삶는 동네 아주머니들도 이 병을 앓았다. 식구들 먹이려고 해마다 배추 1,000포기를 김장하는 우리 큰시누이도 피하지 못한 병이다.

키 178센티미터에 몸무게만큼은 신비주의를 고집하는 강성옥 씨. 배 나온 평범한 아저씨처럼 보이지만 '근수저'를 물고 태어난 사람. 꾸준하게 운동한 사람처럼 근육이 많은 건장한 육체의 소유자도 이 병에 맞섰다가 나가 떨어졌다. 강성옥 씨를 자주 패배자로 만든 음식은 김밥. 그는 김밥을 말아서 커다란 쟁반에 전리품처럼 쌓아놓는다.

강성옥 씨는 시대 흐름을 역행하지 않고 김밥을 말아왔다. 기본김밥, 달걀말이김밥, 누드김밥, 참치김밥, 돈가스 김밥. 그뿐만 아니라 1980년대 하와이 카우아이섬에서 스팸을 넣어 만들기 시작했다는 무수비까지 식탁에 올렸다. 이국적인 느낌을 풍기는 무수비에는 우리나라 전통 잔치국수와 비빔국수를 곁들였다.

강성옥 씨의 시그니처 김밥은 어머니에게서 물려받았다. 초등학교 바로 옆에서 만물상과 문구점을 겸했던 어머니는 봄가을 소풍 때마다 온갖 문구와 먹을거리를 머리에 이고 폴폴 먼지 이는 신작로를 걸어가서 노점을 차렸다(소풍 장소는 상점 없는 산). 그래서겠지. 어머니의 김밥 재료는 단출했다. 김치볶음밥을 김 위에 펴서 달걀, 단무지, 소시지만 넣고 똘똘 말았다. 그 방식은 보고 자란 자식들에게 전해졌다. 강성옥 씨가 밥 색깔이 빨간 김밥을 싸는 이유다.

키가 작고 살집이 없고 입맛이 까다로웠던 제규는 뜬금없이 아빠가 만든 김밥이 먹고 싶다며 징징대곤 했다. 퇴근 시간이 일정하지 않던 강성옥 씨는 일하다가 집에 왔다. 제규는 식탁에서 레고 조립하거나 숙제하며 아빠가 싸주는 김밥을 제비 새끼처럼 받아먹었다. 점심을 사 먹는 중학생 때도 친구들이랑 나눠 먹으라며 지나치게 많이 싸 준 아빠표 김밥 도시락을 들고 에버랜드에 갔다.

"나간 놈 몫은 있어도 자는 놈 몫은 없다."

강성옥 씨는 김밥을 싸면서 말했다. 식탁과 벽 하나를 둔 방에서 성인이 된 제규가 쉬는 날이라며 한낮까지 자고 있었다. 자는 놈 몫은 없다고 강조하는 까닭을 모르겠다. 그는 볼이 터지게 김밥을 먹는 강썬에게 형아한테 먹여주고 오라고 부탁했다. 잠결에도 척척 잘 받아먹던 제규는 말했다.

"아빠 김밥은 평범하지 않죠. 김치볶음밥 해서 달걀, 단무지, 햄만 넣어서 싸니까 장 보러 안 가고 아무 때나 만들 수 있지. 자고 있는데, 강썬이나 엄마가 와서 계속 먹여주잖아요. 잘 넘어가요. 원래 아침 안 먹는데 맛있어."

자가격리 마치고 일상으로 돌아가기 전날, 강썬이 아빠한테 요구한 건 김치볶음김밥이었다. 강성옥 씨는 달걀을 부쳐서 길게 자르고, 김밥용 단무지를 꺼내고, 장 봐다 놓은 햄이 없으니까 스팸을 두툼하게 잘라서 기름에 볶았다. 무쳐놓은 시금치나물까지 있었다. 김장김치를 잘게 썰어서 갓 지은 밥과 함께 볶았다.

김밥 앞에서 우리 집 서열은 분명하게 드러난다. 식탁 위에 재료를 늘어놓고 김밥 마는 강성옥 씨가 가장 먼저 부르는 사람은 강썬. 김밥의 가운데 부분을 큼지막하게 썰어서 먹여준다. 딱 한 입만 먹고 나가떨어질 수 없는 음식, 강썬은 거실이나 자기 방으로 가지 않고 식탁 언저리에서 동영상을 보거나 큐브를 맞춘다.

그다음에 부르는 사람은 나. 김밥 앞에서 몹시 잽싼 편인 나는 꽁다리부터 손으로 집어 먹는다. 이건 음식이 맛있을 때 더 흡입하기 위한 작전이다. 당연히 강성옥 씨는 김밥의 한가운데를 큰 주먹 하나만큼씩 잘라서 준다.

"음~." 김밥을 욱여넣은 강썬과 나는 볼이 빵빵해진 채로 뽀뽀한다. 너무 맛있어서 깜빡한 거다. 다 컸다며 입술에는 안 하겠다고 작정한 지 오래인데.

우리 집은 먹는 것에 대해서는 금지하는 게 없다. 뭐 먹을지, 얼마나 먹을지는 토론해도 식탁 예절을 짚고 넘어간 적은 없다. 따끈한 음식을 접시에 담기 전에 날름 집어먹어도 괜찮다. 김밥 재료의 균형을 무너뜨리며 달걀만 쏙쏙 골라 먹어도 된다. 편식을 허용하니까 일반 김밥 쌀 때는 오이나 우엉을 빼달라고 당당하게 말할 수 있다. 강성옥 씨는 햄만 가득 넣고 싸달라는 주문도 흔쾌히 받아준다.

김밥을 썰어 접시에 담을 때쯤이면 어느 정도 배부른 상태. 가늘고 길어서 김밥 한 줄만 예쁘게 담기는 접시는 강썬 앞으로. 강성옥 씨는 '식구들을 사육하고 싶다'는 자신의 본능을 나한테만 드러낸다. 김밥을 대여섯 줄 썰어서 담장처럼 쌓아준다. 젓가락이 차례차례 김밥 담장을 허물 때까지 감시하지 않는 건 고맙다. 그는 먹고 남긴 김밥을 글라스락에 옮겨 담아서 식탁과 거실 테이블에 올려둔다. 식구들은 오며 가며 김밥을 확실하게 해치운다.

우리 아파트 정문 상가와 후문 쪽 시장을 지나도 김밥전문점이 있다. 김밥은 이제 소풍 갈 때 먹던 특별한 음식이 아니다. 시간과 돈이 빠듯할 때 한 끼 때우기에 알맞은 간편식이다. 가정식 김밥을 고수해야 할 명분은 없다. 그런데도 강성옥 씨는 항상 김밥용 김과 단무지를 준비해두고서 한 달에 몇 번씩 식구들에게 김밥을 싸주고 있다.

"나는 오십 넘어도 아들 도시락 싸고 있을 거야."

강썬의 유치원 소풍 김밥을 싸면서 했던 강성옥 씨의 예언은 빗나갔다. 초등학교 저학년일 때 강썬은 고등학생인 형아한테 만화 캐릭터 김밥과 닭꼬치를 싸달라고 졸랐다.

오전 7시 반에 카풀 버스를 타야 하는 제규는 새벽에 일어나서 하인처럼 동생 도시락을 싸서 바쳤다. 마땅히 해야 할 일을 빼앗긴 사람처럼 강성옥 씨는 제규 뒷모습만 쳐다보고 있었다. 고학년 때 강썬은 코로나 때문에 현장체험학습을 꿈도 꿀 수 없었다.

엄밀하게 따져보면, 강성옥 씨의 예언은 아무 때고 김밥을 요구하는 강썬 덕분에 어느 정도 맞아떨어졌다. 게임에 집중하다 보면 허기지고, 그런데 또 식탁까지 나오기는 싫을 때 김밥은 최고의 선택이다. 바깥 일이 많아서 식구들과 보내는 시간이 턱없이 부족하다고 자평하는 강성옥 씨는 해줄 수 있을 때 정말로 최선을 다한다.

그가 말아놓은 김밥을 볼 때마다 '손 큰 병'에 대해 완전한 면역을 가진 나는 심각성을 느낀다. 이 병은 1인분이나 2인분의 세계를 간단하게 무너뜨린다. 조금만 해서 바로 먹어야 맛있는 시금치나물이나 겉절이를 갓난아기 목욕시켜도 될 정도의 양푼에 무치고, 멸치나 진미채는 김장김치 통에 채울 만큼 대용량으로 볶는 질병. 나이 들고 아픈 게 자연스러워지는 것처럼 강성옥 씨도 언젠가는 '손 큰 병'을 끌어안고 사는 사람이 되는 걸까.

"아빠, 나는 편의점 돈가스김밥도 좋아. 근데 3천 원이야. 학교 갔다 와서 아빠가 만들어놓은 김밥 먹으면 돈도 아끼고 좋거든. 근데 엄마가 다 먹고 조금밖에 안 남겨 놓잖아!"

강썬의 불만 토로는 강성옥 씨의 마음에 각인됐다. 서너 줄만 간단하게 말고 끝낼 음식이 아니었다. 만약에 내가 김밥을 돌같이 대하기만 한다면, 강썬은 편의점 김밥에 눈길 안 주고 게임 아이템과 포켓몬 카드를 사서 행복을 만끽할 수 있을 텐데. 강썬의 안타까운 사정을 알면서도 나는 계속 식탁과 거실 테이블로 가서 야금야금 김밥을 집어 먹었다.

가정에서 싼 모든 김밥은 마성의 음식. 재료가 풍부하지 않고 옆구리가 터져도 하루 세끼 먹을 수 있다. 집안의 김밥 기술자들은 한솥 가득 밥을 해서 영업집처럼 말아 쌓아 놓을 수밖에 없다. '손 큰 병'은 드라마 「응답하라」 시리즈에만 존재하지 않는다. 우리 식구나 우리 이웃, 친구 어머니, 그리고 이모들과 고모들이 앓는 친근한 병이다.

21

제육볶음

가정불화를 잠재운 저녁 식사

'더블유 미들스쿨'은 난데없이 우리 집에 굴러들어온 돌이었다. 집 근처에 걸어 다닐 수 있는 학교가 4곳이나 있는데, 강썬은 10지망 중학교에 배정됐다. 친구가 가장 중요한 열네 살 소년의 눈에서 우박 같은 눈물이 투두두둑 쏟아졌다. 더블유 미들스쿨은 비 오는 날 생긴 웅덩이가 아니었다. 시간이 지나도 사라지지 않아서 우리 식구는 축축하게 지냈다.

"아무도 없다고! 그 중학교로 떨어진 애는 나 혼자라고!"

학교생활에 대한 기대를 잃은 강썬은 러시아 격투기 삼보(하필 수련비 3개월 선결제)도 가지 않았다. 누워만 있다가 오후 서너 시쯤에는 포켓몬 카드 게임 하러 윗집 시후네로 올라갔다. 저녁밥 먹고 나서는 굉장히 우울한 얼굴로 스마트폰 게임을 하거나 유튜브를 봤다. 말 걸어도 대꾸조차 안 하면서 잘 때는 안방으로 건너와 한숨 쉬다가 자기 방으로 갔다.

"엄마는 내가 정말 아무것도 안 하면서 겨울을 보내는 줄 알지? 나도 생각이 있다고."

고뇌하는 중이라고 했던 강썬은 꼬마 아이처럼 퇴근한 아빠 등에 업혔다. 덕분에 강성옥 씨는 여전히 '젊은 아빠'처럼 활력을 유지할 수밖에 없었다. 자정 무렵에 들어와도 아침에는 국을 끓이고 반찬 몇 가지 만들고서 출근했다. 저녁에는 집에 들러서 먹을 거 하나라도 만든 다음에 약속 장소로 갔다.

두 달간 했던 생각을 끝내 알려주지 않고 더블유 미들스쿨 1학년이 된 강썬. 말 한 마디 하지 않고 보냈다는 입학 첫날에 자퇴 이야기를 꺼냈다. 어색하다며 스쿨버스 탑승을 거부해서 학교까지 자동차로 등교시켰다. 친구 한 명 없는 학교에서 수업 듣고 밥 먹고, 지도앱을 켜고 1시간 동안 걸어서 하교했다.

견고하게 올라가던 '더블유 미들스쿨 불행 서사'의 벽은 뜻밖의 일로 허물어졌다. 연극 무대의 조명처럼 콕 집어서 강썬을 비춰주는 날이 왔다. 자유 학년제를 하는 중학교 1학년은 동아리 활동이 필수다. 강썬이 신청한 체육 동아리는 경쟁이 치열한 배드민턴부. 10지망 중학교에 다니는 자기가 될 리 없다고, 남자애들이 싫어하는 요가부에 떨어질 거라고 미리 체념한 강썬은 '앗싸!' 배드민턴을 치게 된 거다.

히죽히죽 피식피식 으흐흐흐! 몇 달 만에 아이 웃음소리가 퍼지는 집 안은 보송보송했다. 제법 값나가는 배드민턴 라켓 두 자루를 갖고 있는 강썬은 초등학교 6학년 때부터 틈이 생기면 배드민턴을 치러 집 근처 실내체육관에 다녔다. 코로나가 심해져서 체육관이 한시적으로 문을 닫아 걸면 그늘 없는 집 앞 공원으로 라켓을 들고 나갔다.

강성옥 씨는 중학생 아들을 위해 더 공들여 밥상을 차렸다. 전날 먹은 메뉴와 겹치지 않게, 먹다가 부족하지 않게, 날마다 장을 봐서 퇴근했다. 저녁밥을 먹으며 강썬은 조금씩 학교 이야기를 꺼냈다. 담임선생님의 담당 과목은 과학이고, 반에서 자기보다 키 작은 애는 한 명뿐이고, 영어 공부 안 하는데 듣기 평가에서 한 문제도 안 틀린 게 이상하고, 급식표를 오려서 갖고 다닐 만큼 급식 시간이 기다려지는 건 아니라고 했다. 가장 희소식은 교실에서 눈 마주치면 인사를 주고받는 친구가 생겼다는 것.

"엄마, 나도 이제 공부해야지."

강썬은 난생처음으로 학구열을 보였다. 상추에 고기를 야무지게 싸서 한입에 넣고 오물오물 씹으면서 말하고는 된장국을 한 숟가락 호호 불어서 삼켰다. 목이 막힌 건 오히려 나였다.

"뭐? 공부를 어떻게 할 건데?"

"학교 갔다 와서 온라인 수업 20분씩 안 빼먹고 할 거야. 내 용돈으로 사다 놓은 수학문제집 있잖아. 그것도 두세 쪽씩 풀고 채점하고. 공부 부족하다고 생각되면 학원도 갈 거야."

강썬은 뭔가에 꽂히면 집념을 발휘하는 편이다. 날마다 혼자 나가서 볼링을 30게임씩 쳤다. 엄지와 검지 손톱이 들려서 밴드를 칭칭 감고 다닐 정도로 갖가지 종류의 큐브를 맞추면서 기록 단축에 힘썼고, 눈보라 몰아쳐도 포켓몬을 잡기 위해 하루에 3만 보 이상 걸었다. 스스로 만족할 때까지 마음이 식지 않게 자가 발전기를 가동하는 사람이 공부 쪽으로 방향을 정해버리면 어쩌지? 그 분야의 뒷바라지는 생각해본 적도 없는데.

예감은 틀리지 않았다. 스쿨버스 탑승 시간보다 2분 먼저 도착했지만 버스를 놓친 날, 강썬은 "나 오늘 학교 안 가!"라고 선언하지 않았다. 미안하지만, 데려다 달라고 했다. 생후 24개월 때부터 시작한 사회생활. 어린이집도, 유치원도, 학교도 언제나 다니기 싫어했다. 열 살 많은 형 덕분에 자퇴를 알게 된 강썬, 의무교육이라서 부모 중 한 사람이 감옥에 간다고 읍소해도 초등학교 그만둘 궁리를 했더랬다.

벚꽃 필 무렵부터 강썬이 낯설게 느껴졌다. 더블유 미들스쿨에 다녀오면 새로 산 게임용 컴퓨터 앞에 앉지 않았다. 유튜브 콘텐츠를 보고 키 크는 스트레칭을 10분씩 했다. 땀에 흠뻑 젖은 채로 실내자전거(세뱃돈으로 샀음)를 타면서 온라인 학습을 20분씩 했다. 샤워하고 나면 마음이 변할까 봐 그대로 수학문제집을 폈다. 두 쪽 푸는 데도 1시간 넘게 걸렸다.

한 달 동안 자신이 정한 루틴을 깨지 않고 지켜나갔다. 하필 강성옥 씨는 너무 바빠서 저녁밥 챙겨주러 못 들어오는 날이 종종 생겼다. 강썬은 밥, 김치, 달걀프라이, 조미김으로 구성된 '한국인의 표준 밥상'을 인정하지 않았다. 육해공에서 난 식재료를 지지고 볶고 구워서 차려야만 진정한 밥상으로 받아들였다. 남자애들한테는 돌려 말하면 안 된다. 어머니의 심경을 곧이곧대로 드러냈다.

"강썬아, 너는 왜 달걀프라이를 안 먹는 거야?"

"반찬이 아니니까."

"무슨 소리야? 확실한 반찬이야."

"엄마, 나는 아빠 밥 먹고 크는 애야. 달걀프라이는 김치볶음밥 위에 올라가는 데코야."

그리하여 나는 강성옥 씨가 집에 못 들르는 저녁에는 상추를 씻고 고기를 굽고 팬에 남은 기름에 김장김치를 구워서 밥을 차렸다. 자기 스타일대로 상추 두 장에 고기 두세 점 올려서 볼이 미어지게 먹는 강썬은 아빠 없으니까 아량을 베풀어줬다. 된장국을 요구하지는 않았다. 기분 좋게 먹고 게임을 한 강썬이 자기 전에 마지막으로 하는 일은 독서. 나는 강썬 침대에 누워서 유은실 작가의 『순례 주택』을 읽어주었다. 그다음에 우리는 불 끄고 누워서 책 이야기를 하거나 이상하고 웃긴 유튜브 채널의 창작자들을 모방했다.

한낮의 볕이 따스해서 바람막이를 입은 청소년과 얇은 패딩을 입은 어른이 공존하는 5월, 강썬은 혼자 하는 공부가 너무 어렵다고 판단했다. 스스로 학원(3개월치 등록 선물이 문화상품권 3만 원)을 알아보고 직접 찾아갔다. 학생 혼자 오는 경우는 매우 드물다면서 상담 선생님은 그동안 다닌 영어수학 학원(없음), 잘하는 과목(머뭇거림), 좋아하는 과목(그나마 체육)에 대해서 물었다.

"학원 다닐 거예요." 강썬은 상담 선생님에게 한 말을 나한테도 똑같이 했다.

"강썬아, 학원 수업 저녁 8시에 끝난다며? 숙제 있으니까 게임 할 시간도 없을걸?"

"그래도 다닐 거야."

"문상(문화상품권) 3만 원 때문에 그래? 엄마가 줄게."

"아니라고. 진짜로 모르니까 학원 다녀야 한다고."

강썬이 학교 끝나고 바로 학원에 간 첫날, 집에 들를 틈이 없다는 강성옥 씨가 왔다. 아침에 등교해서 무려 12시간 만에 돌아올 강썬이 '한국인의 표준 밥상'을 먹을까 봐 애달은 모양이었다. 원래는 고기를 양념에 몇 시간 재지만 속성으로 제육볶음을 하고, 강썬이 좋아하는 흑미를 씻어서 밥솥에 안치고, 있던 밥으로는 치즈 듬뿍 올린 김치볶음밥을 만들고, 생협에서 사다 놓은 비상용 레토르트 사골국을 한 봉지 꺼내서 데웠다.

됐다고 하는데도 강성옥 씨는 기어이 내 밥상을 차리고

나갔다. 아니, 자식이 해 떨어져도 학원에서 공부하고 있는데 밥이 넘어가겠냐고요. 이따 같이 먹을 거라고 호언장담한 나는 슬그머니 혼자 식탁에 앉았다. 상추 두 장에 제육볶음을 얹어서 쌈을 쌌다. 아니, 우리 강썬이 집에 들어오지도 않았는데 왜 밥맛이 좋냐고요.

"강썬아, 학원 끝났어? 너무 배고프지? 집에 오자마자 밥부터 먹어."

오후 8시 5분, 나는 가족 단체 메시지방에 글을 올렸다. 강썬은 애태우지 않고 재깍 답을 했다.

"편의점에서 먹을 거야."

"아빠가 밥 차려놨어. 너 오기 직전에 전자레인지 돌리라고 김치볶음밥에 치즈도 엄청 많이 뿌려놓고 나갔는데."

강썬은 초등학교 절친들이랑 같은 학원에 다닌다. 첫날이니까 강썬이 먼저 친구들한테 편의점 가자고 했단다. 친구들은 라면에 뜨거운 물을 부었고, 강썬은 라면 용기의 뚜껑 비닐을 뜯으려는 순간에 단체방 메시지를 읽었다. 친구들과 편의점에서 저녁 한 끼 때우는 걸 해보고 싶었던 강썬은 아빠가 밥 차리는 마음도 안다.

알긴 아는데, 라면에 뜨거운 물을 안 부은 걸 후회했다. 강썬은 내적 갈등을 최대한 드러내지 않고 친구들한테 먼저 간다고 인사했다. 라면과 삼각김밥을 들고 집에 온 강썬 얼굴에는 글자가 쓰여 있었다. '폭발 직전!' 대꾸하면 가정불화는 점화된다. 나는 몹시 현명하게 큰 쟁반에 제육볶음 + 상추 + 흑미밥 + 치즈김치볶음밥 + 사골국을 차려서 거실 테이블에 놓았다.

일시정지된 것처럼 수저를 들지 않고 밥상만 바라보는 강썬. 한참 만에 스스로 재생 버튼을 누르고 움직였다. 손을 씻고 와서 제육볶음을 한 젓가락 먹었다. 상추에 제육볶음과 밥을 올려 쌈을 싸서 먹고, 사골국을 두 번 떠먹었다. 식도를 타고 내려간 음식은 아이의 마음까지 어루만져 주는 듯했다. 점점 표정이 풀어진 강썬은 김치볶음밥을 몇 번 먹더니 다시 제육볶음에 집중했다.

"엄마, 너무 맛있다!"

자기한테 다가오라는 신호였다. 그건 강성옥 씨가 주장하는 음식 철학이었다. 어떤 상황에서도 두세 숟가락만 먹어보라고 권했다. 보고, 냄새 맡고, 꼭꼭 씹어 먹는 동안 짜증 나거나 못나게 굴었던 마음은 물렁물렁해진다고. 그러니 일단 따뜻할 때 먹으라고 한다. 강썬은 제육쌈을 싸서 내 얼굴에 들이밀었다. 기다리지 않고 먼저 먹은 걸 비밀에 부치기 위해서 나는 크게 입을 벌렸다.

22

상추겉절이

겨울잠 자고 일어난
상추가 넘쳐날 때는

길거리에서 새삼 나이듦을 실감한다. 찬바람 불 때 냄새로 발걸음을 붙드는 붕어빵, 휴일 오후에 아파트 건너편 공원 어귀에서 파는 타코야끼에 마음이 동하지 않는다. 강썬 유치원 다닐 때 먹어본 게 마지막인 것 같다. 밤 10시 넘어서 하루를 마치고 떡볶이, 어묵, 오징어튀김 파는 포장마차를 도장 깨기하듯 들르던 습성은 고등학교 때 절정이었다.

야자(야간자율학습) 하니까 도시락을 두 개씩 들고 다녔다. 한 반 정원은 68명, 식사 시간에 맞춰 밥을 먹는 학생은 드물었다. 쉬는 시간마다 알아서 도시락을 까먹었다. 봄이 오면 일제히 꽃이 피듯이 도시락 반찬도 간장과 식용유에 달달 볶은 마늘종이나 양파와 감자였다. 수업 들어오는 선생님들은 훈계와 당부와 짜증과 안쓰러움이 섞인 한 마디를 했다.

"이놈들아. 밥 먹으면 창문 좀 열어!"

틀 안에서 옴짝달싹 못 하니까 사소한 것에서 파격을 꿈꾸던 고3 교실. 짜란! 누군가 '시커먼 봉다리'에 엄마가 새벽에 뜯었다는 상추를 씻어서 가져왔다. 멸치볶음, 김치볶음, 어묵볶음, 김자반, 콩자반, 소시지부침, 달걀말이가 줄 수 없는 신선함이었다. 며칠 뒤에 어떤 애는 상추를 둥근 플라스틱 소쿠리에 씻어서 분홍 보자기에 싸 왔고, 한여름에는 오이나 풋고추도 친구들의 도시락 가방에서 자연스럽게 등장했다.

시골에서 상추는 상품 작물이 아니다. 순수하게 식구들끼리 먹기 위해 길렀다. 대차게 뜯어서 겉절이와 쌈으로 먹어도 초기화되지 않는 작물이었다. 볕, 바람, 물, 거기에 밭 주인의 발소리가 더해진 상추밭은 며칠 만에 파릇파릇 야들야들해졌다. "오메! 해준 것도 없는디 저 혼자 또 요로고 실하게 자란당게는. 오져 죽겄어." 어머니들의 상추 칭송은 타당했다. 한겨울 빼고 늘 밥상에 올랐으니까.

상추밭을 잊고 사는 도시의 삶. 그래도 우리 큰시누이한테 상추 '쪼끔' 뜯었다는 말을 들을 때는 생협 냉장고에 진열된 한 움큼의 채소를 떠올리지 않는다. 시장의 야채 상인들이 쓰는 전문적인 대용량 비닐 봉투를 기본 단위로 여긴다.

"별로 안 많아. 강썬 이모네도 주고, 강썬 친구네도 줘." 텃밭 농사만 짓는 큰시누이가 뜯어 온 상추는 내다 팔아도 될 만큼 압도적이었다.

치킨과 햄버거를 좋아하는 강썬은 상추쌈을 먹을 때 예스럽다. 고기 안 넣고 상추에 밥과 쌈장만 올려서 먹는 걸 제법 즐긴다. 그런데 상추에 양념을 해서 버무린 상추겉절이는 안 먹는다. 한 장씩 집어 먹느라 손에 생기는 물기를 처리하지 않아도 되고 식감도 그대로인데, 싫다고 할 게 뭐람. 아이들에게 편식을 허용하는 강성옥 씨는 그럴 줄 알았다는 듯이 양파전을 따로 부쳤다.

끼니 때마다 먹어도 냉장고 야채실에는 상추가 가득했다. 강썬 친구들이 우리 집에 와서 1박 하는 날에 상추는 밥상에 오르지 못했다. 한 달 만에 자러 온 아이들은 당연히 밥을 먹고 싶어 하지 않았다. 편의점 라면, 치킨, 햄버거를 원했다. 아이들이 먹고 일어난 자리에는 패스트푸드에 딸려온 음료 컵과 포장지가 수북하게 쌓였다.

"치우고 놀아야지." 강성옥 씨는 한 마디만 했다. "네!" 듣는 것만으로 힘이 나는 대답 소리. 디지털 기기 앞에서 언행일치에 어려움을 겪는 아이들을 다그쳐봐야 소용없다. 별수 없다고 생각하는 강성옥 씨는 담담하게 거실 테이블을 치우고 주방으로 갔다. 수전에서 물 쏟아지는 소리가 나길래 그냥 가 봤다.

우선 상추. 시들기 전에 해치우려는 모양이었다. 그는 상추를 아주 많이 씻어서 양념을 만들어 버무렸다. 어쩐지 자신 없다면서도 뚝배기를 꺼내 강된장을 만들었다. 열무물김치와 강된장으로 열무비빔밥을 차렸다. 군침이 돌 만도 한데, 아이들은 위층 시후네로 올라갔다. 나는 커다란 접시에 가득 담아내고도 양푼에 반절 넘게 남아 있는 상추겉절이를 보고 의기소침해졌지만 일단 먹었다.

"강썬이 그러더라. 한 달에 한 번은 무조건 친구들 데려와서 잘 거래. 어쩌지?"

강썬 없는 데서 강썬 얘기를 꺼내려니까 찔렸다. 우리 식구는 강썬의 중학교 발표가 나고부터 '더블유 미들스쿨 불행 서사'에 잠식되었다. 밥이라도 맛있게 먹고 싶다는 강썬은 식탁에서 게임 채널을 켰다. 차라리 다 같이 보고 한 마디라도 주고받을 수 있는 영화 리뷰, 과학, 역사, 교양 콘텐츠를 한 편씩 선택하라고 부탁했다. 낙오자처럼 혼자만 먼 학교에 다닌다는 강썬의 우울감은 친구들이 자러 오는 날에 싹 걷혔다.

"뭐가?"

강성옥 씨는 내내 같이 있었으면서도 대화의 주제를 파악하지 못했다.

"아니. 쫌 불편해서. 안방 욕실에서 샤워해야 하고. 브래지어도 하고 있어야 하고."

"애들이 몇 번이나 자겠어. 1년에 많아야 10번이야."

가끔씩 친구 데려와서 자던 제규도 성인 되고 나서는 (코로나 핑계 대고) 동네 호텔 잡아서 밤새 게임하고 새벽에는 공원에서 운동하는 인증 사진을 보내왔다. 그렇다면 강썬도 부모 눈앞에서 놀 시간이 얼마 남지 않은 거다. 나중에는 아이들이 북적이던 이 시간을 그리워하게 될 거다. 강성옥 씨 말은 너무나 맞는 말이어서 나는 대꾸하지 못하고 열무비빔밥과 상추겉절이에 집중했다.

"배지영, 뭐 먹을 거야?"

산책 가자고 하니까 잠 덜 깨서 안 된다는 강성옥 씨가 물었다.

"강썬도 없는데, 간단하게 먹자. 어제 남은 상추겉절이 먹을게."

친구들이랑 우리 집에서 1박 한 강썬은 시후네 가서 안 내려왔다.

"대충 먹으면 안 되지. 기다려. 상추 많으니까 고기 굽는다."

강성옥 씨와 둘이서만 맞는 고요하고 덤덤한 일요일 아침. 메뉴는 열무물김치, 두부김치, 양파김치, 파김치, 마늘종볶음, 상추겉절이, 고기 몇 점, 상추 많이. 강썬이 독립하고 나면 우리 부부가 먹게 될, 지지고 볶은 음식이 별로 없는 '미래의 밥상'이었다. 아내한테만 엄격하게 식사 지도를 하는 강성옥 씨는 고기 안 넣은 탐스러운 내 상추쌈을 지적했다.

우리 식구 중에서 나만 1일 3식 한다. 강제규는 대학 가면서 아침을 안 먹고, 강썬은 초등학교 6학년 때부터 학교에서 배 아플까 봐 아침 안 먹고, 강성옥 씨는 원래 1일 2식 주의자다. 그런데 강썬이 독립하고, 자신도 은퇴하면 1일 3식 차릴 거란다. '백수 세끼'라면서. 나는 안 웃었다. 대신 강성옥 씨가 한 번도 들어보지 않았을 신기한 이야기를 해줬다.

상추는 겨울잠을 잔다. 우리 식구가 며칠간 먹은 상추는 개구리나 곰처럼 겨울잠 자고 일어났다. 지난가을에 파종한 상추는 싹이 조금 올라온 채로 겨울나기를 했다. 비닐하우스를 안 쳤으니까 눈 속에 파묻혀서 찬바람을 맞았다. 바람 끝이 부드러워지고 볕이 따스해지는 봄에 쑥쑥 자라서 또록또록한 자기 색깔을 되찾았다.

겨울잠 자는 상추 얘기는 큰시누이한테 처음 들었다. 노지에서 추운 겨울을 이겨낸 상추 사진을 받아보고 나서 대농의 큰딸로 태어나 외할아버지의 '농사 파트너'로 자란 사람이 떠올랐다. 빈 땅만 보면 배추나 무를 가꾸고 싶어 애가 단 엄마한테 전화를 걸었다.

"상추씨를 가을에 뿌린 게 겨울잠을 잔다고 할 수 있제. 옛날에는 눈이 얼마나 많이 왔냐이. 그러코 추운 디서 얼어 죽은 데끼 있다가 봄 되믄 딱 상추 노릇을 한다이. 그때는 시장에 나가서 뭐 사다 먹기나 했가니. 한겨울만 아니믄 뜯어 먹었씨야. 상추가 지 할 도리를 해준 게 고마웠제."

시골에서 자랐는데 왜 이토록 기특한 상추의 존재를 몰랐을까. 비닐하우스에서 예쁘게 자라 마트의 상품이 된 상추보다 아삭한 식감이 살아 있고 냉장고에 넣어놔도 오래 버티는 겨울잠 잔 상추를. 사시사철 자라는 것 같아도 계절마다 심는 상추가 따로 있다는 것을. 지난날의 무지를 뉘우치며 이맘때 시골에서 먹던 상추겉절이 레시피를 조사했다.

큰시누이 강현숙 씨 ☞ 자기 입맛대로 해야지. 간장에 파 썰어 넣고, 깨소금도 갈아 넣고, 마늘도 넣고, 참기름도 치고, 당근도 있으면 넣고 버무려. 간장 양념 미리 해 놨다가 찌끄러서도 먹고. 양념장은 간장에 달래 쫑쫑 썰어서 넣고, 매실엑기스 쪼끔 치고, 파 쪼끔, 마늘 쪼끔 넣고 만들지. 물기 없이 상추겉절이 할라면 맛소금이나 가는 소금에 양념하고.

우리 엄마 조금자 씨 ☞ 간장 쪼까 치고, 참기름 쪼까 치고, 마늘 쪼까 넣고 휘이 젓으면(저으면) 끝나야.

강성옥 씨 ☞ 간장, 참기름, 통깨, 고춧가루, 마늘, 양파를 조금씩 넣고 양념 만들어서 상추에 뿌려.

양념을 설설 버무려서 먹는 상추겉절이. 레시피마다 나오는 '쪼끔', '쪼까', '조금'의 용량을 내가 체득하는 날이 올까. 동생 배지현은 길치한테 길 알려주는 것처럼 나한테 상추겉절이 설명하는 게 막연하다면서 상추를 씻어 탈탈 털어 물기 제거하는 것부터 시작했다. 그러나 생존에 직결되는 게 아니라면 하지 말라고 했다. 이유는 다음과 같았다.

"음식도 버리게 되고 설거지도 많이 나와서 일거리만 늘어. 그냥 하던 일이나 잘해."

23

두부김치전

「팬멍」、불그스름하게
익어갈 때
평화로웠겠지

아들이 한창 잘 먹던 시기에는 우리의 식탁은 물론이고 인생도 풍족했다. 사랑이나 연애니 하는 것들과 비교할 수 없을 정도로 알찼다.

———『사는 게 뭐라고』, 사노 요코

제규가 중고등학교 다니고 강썬이 유치원 가방을 메고 왔다 갔다 하던 시기에 우리 집 식탁은 지나치게 풍족했다. 강성옥 씨는 특히 김치의 수급과 보관에 충실하게 임했다. 그는 자동차 트렁크에 접이식 대형 대차(카트)를 싣고 다녔다. 봄동, 파김치, 열무김치, 물김치, 겉절이, 고구마순김치, 깍두기를 국물 한 방울 흘리지 않고 노련한 전문가처럼 시가에서 우리 집으로 날랐다.

시가는 김장을 2박 3일에 걸쳐서 진행했다. 밭에서 키운 배추를 1,000포기 넘게 뽑아 겉장을 떼내 소금 간하고 물을 뺐다. 마당에 솥 걸고 불을 지펴 육수를 만들고 각종 채소를 다듬어 채 썰어서 양념을 만들었다. 시부모님이 낳고 기른 5남매 중 4남매는 같은 도시에 산다. 집집마다 한 명 이상은 시가에서 벌이는 '김장 전투'에 참여했다.

"배지영이는 올 필요 없어. 성옥이만 오믄 된다."

살아 계셨을 적에 아버지는 허허 웃으면서 말했다. 식생활 분야에서 미미했던 내 존재감은 점점 눈 씻고 찾아봐야 할 정도였다. 강썬 낳고 나서는 김장한다는 전화조차 받지 못했다. 아침 일찍 김장하러 갔던 강성옥 씨는 해 질 녘에 자동차 트렁크와 뒷좌석이 꽉 차게 김치통을 실어 왔다. 아파트 주차장에서 솜씨 좋게 대형 대차에 쌓아서 두세 번에 걸쳐 집으로 옮겼다.

우리 집 겨울맞이는 첫눈 오기 전에 김치를 쟁이면서 시작하는 셈이었다. 김치냉장고에는 김치통 12개가 들어갔다. 식재료를 끊임없이 다듬고 끓이고 지지고 볶고 굽는 강성옥 씨는 뒤 베란다에 따로 배추김치 4~5통과 무김치를 산성처럼 쌓았다. 우리 집에서는 김치 없이 라면을 먹거나 맨밥에 물을 말아먹는 일은 절대로 일어나지 않았다.

김치란 무엇인가. 강성옥 씨에게는 반찬보다는 식량이었다. 그는 차가운 저장 용기를 열어서 개운한 맛을 발산하는 김치를 꺼냈다. 돼지고기 잔뜩 넣고 김치를 볶았다. 등갈비와 고등어 꽁치를 넣고 김치찜을 했다. 두부김치를 하고, 김치볶음밥 위에 치즈를 뿌려 오븐에 돌리고, 어머니 때부터 내려온 김치볶음김밥을 만들었다. 강썬은 아기 때부터 김치 들어간 음식이 맵다며 뱉어내지 않았다. 주말에는 장정 같은 제규 친구들도 거실 테이블에 둘러앉아 같이 먹곤 했다.

돌아가신 아버지의 성품을 물려받은 강성옥 씨는 처자식에게 바라는 것 없이 너그럽다. 사춘기에 걸맞게 '흑화'된 제규가 주먹으로 자기 방의 문을 박살내고 집안이 떠내려갈 듯 괴성을 질러도 비위를 맞춰주었다. 끼니가 닥쳐와도 가만히 있는 '무능력한 아내'에게 뭐라도 해보라고 채근하지 않았다. 뜨거운 가스 불 앞에 서는 여름에도, 숙취로 고생하는 이른 아침에도 밥하는 자기 처지를 한탄하지 않았다.

딱 한 번, 구입한 지 얼마 안 된 김치냉장고가 말썽을 부리자 '부처님 가운데 토막' 같은 강성옥 씨도 자기 고집을 내세웠다. 수리 기사가 두 번 다녀가도 꽁꽁 언 김치 상태는 호전되지 않았다. "김치맛이 왜 이래요?" 제규의 한 마디에 강성옥 씨는 추수 앞두고 태풍을 맞은 농부처럼 망연자실했다. 당장 가전제품 대리점에 가서 김치냉장고를 새로 사는 데까지는 박력 있었다. 그런데 버려야 할 냉장고를 냉동고로 쓰고 싶어 했다. 살림력이 몹시 떨어지는 처지지만, 가정에서 일어나는 일이니까 내 의견을 냈다.

"강성옥, 김치냉장고 그냥 버려!"

"배지영이 주방 살림하는 거 아니잖아. 있으면 다 쓰는 거야."

"싫다고! 냉장고가 집에 세 대나 있는 게 맘에 안 들어."

나는 강성옥 씨가 걸리적거린다고 해서 정수기 위에 둔 탁상 달력을 치웠다. 머그컵들이 너줄너줄한 게 싫다며 네 개만 남겨놓고 수납장에 싹 집어넣어도 군소리하지 않았다. 수전 왼쪽 공간에 기다란 접시 꽂이를 두 개나 꺼내서 접시를 20장 내놓고 써도 아무 말 안 했다. 그러니 냉장고가 거슬린다고 말할 자격이 있는 거(라고 생각했)다.

김치냉장고는 가정불화의 도화선이 되지 않았다. "그래, 버리자." 강성옥 씨는 1~2분 만에 뜻을 꺾고는 김치통을 신구 교체하는 대공사에 들어갔다. 비싼 과일이나 간장게장

등을 줄 때도 주차장까지만 오는 큰시누이가 앞치마 차림으로 우리 집에 왔다. 강성옥 씨와 합을 맞춰서 빠르고 확실하게 일을 끝마쳤다. 그러고는 막냇동생네가 새로 이사 온 것처럼 짜장면과 탕수육을 시켜줬다.

"이제 겨우 두 통 먹었네."

봄에서 여름으로 기우는 5월, 강성옥 씨가 말했다. 한두 해 전만 해도 이맘때쯤에는 김치냉장고의 김치를 절반 이상 먹었다고 했다. 제규가 복학해서 집을 떠나 3인 가구가 되었다고 해도 올해는 지나치게 김치가 많이 남았단다. 중학생이 된 강썬 친구들은 주말에 놀러 오면 배달 음식을 먹었다. 강성옥 씨는 아침 안 먹고 저녁 식사 때도 밥만 차려주고 나가서 모임이나 회의할 때가 많으니까 혹시 이 말은 나를 저격하는 걸까.

그렇다면 나도 매정하게 대꾸하는 게 인지상정. 줄지 않는 김치는 아이들이 컸다는 유력한 실증이라면서 우리 집도 김치 한두 통으로 1년 내내 끄떡없는 가정이 될 거라고, 강성옥 씨도 드디어 '밥걱정의 노예'에서 해방될 거라고 했다. 내 말의 어디가 싫었나. 마음이 어지러울 때면 습관적으로 주방으로 가는 강성옥 씨가 냉장고 문을 열었다.

신선한 재료 두 가지를 꺼내고 싱크대 하부장에서 또 한 가지를 꺼내서 김치를 잘게 다졌다. '그것'을 만들려는 심산 같았다.

아이들이 싫어해서 밀가루를 쓰지 않고 만드는 '그것'은 두부김치전. 강성옥 씨는 두부 반 모, 달걀 5~7개, 참치캔 1개, 잘게 다진 김치 4분의 1포기를 섞어서 반죽한다. 기름 두른 프라이팬을 달궈서 국자로 크게 떠서 부친다. 고소하고 달큼하고 입맛 도는 특유의 기름 냄새는 각자 방에 있던 아이들을 유인한다. 하던 일을 멈추고 아빠의 뒤태가 잘 보이는 식탁에 앉는다.

"아빠가 해야 맛있어요. 다른 사람이 하면 그 맛이 안 나."

강성옥 씨보다 다양한 식재료를 쓰고 이국적인 음식까지 척척 만드는 제규는 온라인 게임이나 큐브처럼 음식에도 심하게 꽂히는 성향을 가졌다. 일주일 내내 먹고도 두부김치전이 식탁에 오르면 새우깡에 달려드는 갈매기처럼 끽끽 소리를 내며 좋아했다. 신이 난 강성옥 씨는 '두부김치전 탑'을 만들었다. 꼭대기에 있는 따끈한 전을 먹은 제규는 그다음부터 바삭한 부분만 골라서 젓가락질을 했다. 남은 전은 식혀서 뜨거운 밥에 참기름을 넣고 비벼 먹곤 했다.

제 형보다 까다로운 강썬은 입덧하는 사람처럼 먹고 싶은 음식을 콕 집어 말한다. 기저귀 안 뗀 아기 때도 "하얀 고기(굴비) 구워주세요.", "데친 오징어 먹고 싶어요."라고 했다. 지금은 컸다며 친구들과 햄버거에 치킨, 편의점 라면을 먹고 쏘다니는데 일요일 저녁쯤에는 "된장국에 두부김치전이나 양파전 먹고 싶다."라고 한다.

그러니까 강성옥 씨는 퇴근 후에 집에 못 들를 것 같은 아침에는 순두부찌개를 끓이고 갈비를 재고 두부김치전 반죽을 만들어서 커다란 글라스락에 담아놓고 출근한다. 나는 큼지막하고 둥그렇게 전을 부칠 수 없다. 숟가락으로 반죽을 두 번 떠서 작게 지지는데도 모양이 부서진다. 자신 없으니까 화력을 가장 약하게 해놓고 하염없이 프라이팬을 바라본다.

세상에나! 불멍, 물멍, 구름멍처럼 '팬멍'의 세계도 존재했다. 프라이팬 위에서 두부김치전이 불그스름하게 익어가는 모습을 보고 있으면 평화로웠다. 명절마다 그 덩치에 반나절 넘게 거실 바닥에 앉아서 커다란 전기 팬에 갖가지 전 부치는 일을 누구에게도 양보하지 않은 강성옥 씨가 이해될 것 같았다. 요리하면서도 업무 전화 받아야 할 만큼

일에 쫓기는 그는 '팬멍'으로 잠깐의 고요를 맛보고 있었나 보다.

전 부치기에 대한 퍼즐이 착착 맞아떨어졌다. 강성옥 씨는 두부 떨어진 날에는 애호박이나 양파로 노릇노릇한 전을 부쳤다. 식생활 개선해서 아이들에게 지지고 볶는 음식 덜 먹일 거라는 선언을 하고서도 프라이팬을 꺼냈다. 우리 집 밥상에 전이 빠지는 날은 거의 없었다. 조금이라도 여유가 생기면 새송이버섯전, 깻잎전, 스팸전까지 부쳐서 올렸다.

강성옥 씨와 두부김치전의 연결고리가 '팬멍'이라고 밝혀지는 순간, 자신 없어가지고 작게 부친 내 두부김치전에서 탄내가 올라왔다. 맛 감별사인 강썬이 타박할 것 같아서 잽싸게 버리고 다시 반죽을 숟가락으로 떴다. 테두리부터 익어가는 전을 멍하게 바라봤다. '팬멍'을 즐겨왔을 강성옥 씨는 두꺼우면서도 넓적한 두부김치전을 어떻게 완벽하게 부치는 걸까.

아침에 셔츠를 벗는 남자는 위험하다. 지진이 오기 전에 지층의 미세한 변화를 감지하는 동물처럼, 하얀 러닝 차림으로 칼과 불이 있는 주방으로 가는 강성옥 씨를 본능적으로 막아야 한다. 금요일 출근 시간이라면 육탄전을 벌여서라도 현관 쪽으로 밀어내야 한다. 가정 경제에 타격을 입고 나서 후회해봤자 소용없다.

더블유 미들스쿨에 다니는 강썬은 "5분만!" 찬스를 서너 번 쓰고 나서 오전 7시 40분쯤에 일어난다. 샤워하고 8시 3분에 아빠 차를 타고 스쿨버스 정류장으로 간다. 강성옥 씨는 오전 7시 20분에 일어나서 끓이거나 지지거나 볶는 음식을 만들고 나서 씻는다. 강썬을 버스 정류장에 내려주고 이웃 도시로 출근한다.

금요일에 강썬은 깨우지 않아도 스스로 일어난다. 샤워하고 교복 입고 컴퓨터 켜고 20분 정도 '모닝 게임'을 한다. 금요일에 강성옥 씨도 알람이 울리기 전에 기지개를 켠다. 다른 날보다 음식을 한두 가지라도 더하려고 애쓴다. 저녁에는 대개 약속이 두 개 정도 잡혀 있어서 집에 들러 밥 차릴 시간이 없기 때문이다.

하나도 특별할 것 없던 금요일, 순두부찌개 끓이고 출근 준비를 마친 강성옥 씨는 소파에 앉아서 시계를 봤다. 오전 7시 50분, 강썬은 아직 욕실에 있었다. 그는 셔츠를 벗어서 식탁 의자에 걸쳐두고 다시 주방으로 갔다. 돼지고기를 두껍게 썰어서 두부 들어간 김치찜을 가스레인지에 올리고 연두부에 곁들일 양념장을 만들면서 나를 불렀다.

"배지영! 벌써 8시네. 미안한데 강썬 데려다줄 수 있어?"

3~4분 뒤에 일어날 사건의 조짐을 알아차리지 못한 나는 태평했다.

"알았어. 출근 잘하고 저녁에 술 많이 마시지 마."

강썬한테는 지상에서 기다리라 하고 나 혼자 지하주차장으로 내려갔다. 이중주차한 자동차를 왼쪽으로 밀고 시동을 걸었다. 오른쪽으로 빠져나가려는데 그 차가 서서히 뒤로 움직였다. 현명한 사람이라면 차에서 재빨리 내려 이중주차한 차에 고임목을 괴었을 거다. 위기 대처 능력이 평범 이하인 사람은 그 상황에서 벗어나려고만 했다.

드르르르르르르륵.

아주 가까이에서 철로 된 육중한 미닫이문을 힘겹게 여

는 소리가 났다. 맙소사! 이중주차한 자동차의 움직임만 보느라 지하주차장 기둥에 바짝 붙여 주차한 내 차의 위치를 깜박하고 있었다. 20년 넘게 산 아파트 주차장에서, 운전 경력 20년 넘은 나는 자동차의 오른쪽 앞바퀴 쪽과 뒷바퀴 쪽을 기둥에 꼼꼼하게 긁고 말았다.

자동차 수리비 견적은 230여만 원. 보험 처리해도 20퍼센트는 부담해야 했다. 웬 날벼락. 내 차 앞에 이중주차했던 차주는 강성옥 씨. 아침에 뜻밖의 시간이 생기면 좋아하는 심리학 유튜브 채널 보지 왜 음식을 더 하지 못해서 안달인 거야. 도대체 왜 셔츠를 벗는 건데!

스물아홉 살부터 강성옥 씨는 콩나물, 두부, 새우, 문어, 오징어, 삼겹살, 소고기, 상추, 가지, 호박, 배추, 무 같은 평범한 식재료로 밥상을 차려왔다.

"나 오늘 너무 힘들었어." 식구 중에 누가 그렇게 말하면 강성옥 씨는 뭐 먹고 싶냐고부터 물었다. 학교와 일터에서 풀 죽고 들어온 처자식을 식탁에 앉히고는 일단 먹어보라고 했다.

강썬 임신했을 때 나는 대학병원에서 두 달 넘게 누워서만 지냈다. 병원에서는 샌드위치나 과일 같은 평범한 음식까지 금지시켰고, 물도 목을 축일 정도로만 마시라고 했다. 먹지 못하는 것보다 더 큰 고통은 아기의 건강을 알 수 없는 것. 강성옥 씨는 날마다 장정들이나 완식 가능한 도시락을 싸 와서 병원 침대에 마주 앉았다.

"사랑하는 사람과 함께 음식을 먹는 것. 그것이 바로 행복이다."

서은국 교수의 『행복의 기원』을 읽지 않았어도 우리 식구는 알고 있었다. 맛있는 음식이 한 입 들어가면 쇠구슬처럼 단단하게 응어리져서 몸 안에 굴러다니는 피곤과 짜증과 울분과 슬픔이 녹아버린다는 것을. 먹으면서 말하고 듣고 웃고 호응하다 보면 블록버스터 재난처럼 느껴지는 일도 견딜 만해진다는 것을.

"언제 밥 한 번 먹자."가 인사말인 우리나라 사람들. 먹을 때와 대화할 때 가장 큰 행복을 느낀다고 한다. 식구라고 해도 언제나 사랑하고 행복할 수는 없고 조금씩 거슬린다. 더 바랄 게 없는 식사를 해도 몇 시간 후에 허기지는 것처럼 행복감은 완충해도 닳고 만다. 그래도 사는 게 괜찮고 맘에 드는 건 강성옥 씨가 차려주는 밥 덕분이지만.

"아냐, 내 말 좀 들어줘. 있는 거 먹을 거라고. 그냥 출근하라니까."

나갈 준비 다 하고 시간을 확인하는 강성옥 씨에게 맞선다. 농구 선수처럼 강성옥 씨를 밀착 수비한다. 팔다리가 짧고 키 작은 사람의 저지선은 금방 뚫린다. "저리 가 있어." 강성옥 씨는 한마디만 하고서 등을 보이며 주방에서 음식을 한다. 어느 날 아침에는 여유가 좀 많았는지 낙담한 수비수에게 아량을 베풀었다.

"배지영, 달걀 다섯 개 깨봐."

내가 안 해서 그렇지 못할 줄 아나. 완벽하게 해냈다.

"소금 일곱 꼬집 넣어."

약간의 실수로 소금이 쏟아졌다. 강성옥 씨는 채 썰어서 잘게 다진 호박과 당근을 내가 풀어놓은 달걀 물에 넣고 저었다. 나보고는 참깨를 뿌리라고 지시했다. 전자레인지 10분 설정하고 8분쯤 돌아갔을 때 꺼냈다. 소금을 많이 넣은 것 같은데 달걀찜은 짜지 않았다. 어쨌든, 내가 만든 거나 다름없는 달걀찜은 성공적이었다.

아침에 셔츠를 벗는 남자는 위험하다. 처자식이 대충 먹는 꼴을 못 견디는 남자에게 주방을 뺏을 수 없는 노릇. 나는 한순간 가계부에 그늘을 드리우는 사고를 차단하기 위해 동물적인 감각으로 지하주차장의 기둥 없는 자리를 찾아낸다. 주방에 있는 강성옥 씨 대신 강썬을 스쿨버스 정류장에 내려준다. 밥하는 남편을 둔 아내의 지혜다.

남편의 레시피

남편의 집밥 26년

2022년 9월 28일 1판 1쇄

지은이
배지영

편집 최일주, 이혜정, 김인혜
디자인 신종식
제작 박홍기
마케팅 이병규, 양현범, 이장열
홍보 조민희, 강효원

인쇄 코리아피앤피
제책 J&D바인텍

펴낸이 강맑실
펴낸곳 (주)사계절출판사
등록 제406-2003-034호
주소 (우)10881 경기도 파주시 회동길 252
전화 031)955-8588, 8558
전송 마케팅부 031)955-8595, 편집부 031)955-8596

홈페이지 www.sakyejul.net
전자우편 skj@sakyejul.com
인스타그램 instagram.com/sakyejul
블로그 blog.naver.com/skjmail
페이스북 facebook.com/sakyejul
트위터 twitter.com/sakyejul

ISBN 979-11-6094-965-0 03810